U0840707

三辉书系—剧场和戏

爱德华·阿尔比戏剧集

[美] 爱德华·阿尔比——著
张悠悠——译

中国華僑出版社
北京

图书在版编目（CIP）数据

爱德华·阿尔比戏剧集 /（美）爱德华·阿尔比著；张悠悠译 .—北京：中国华侨出版社，2018.12
ISBN 978-7-5113-7782-1

Ⅰ.①爱… Ⅱ.①爱… ②张… Ⅲ.①剧本—作品集—美国—现代 Ⅳ.① I712.33

中国版本图书馆 CIP 数据核字 (2018) 第 251271 号

爱德华·阿尔比戏剧集

著　　者：［美］爱德华·阿尔比
译　　者：张悠悠
出 版 人：刘凤珍
责任编辑：刘雪涛
特约编辑：黄　洁　杨晓琼
装帧设计：COMPUS · 道辙
经　　销：新华书店
开　　本：880mm × 1240mm　1/32　　印　　张：9.5
彩　　插：12　　字　　数：194 千字
印　　刷：山东临沂新华印刷物流集团有限责任公司
版　　次：2019 年 3 月第 1 版　2019 年 3 月第 1 次印刷
书　　号：ISBN 978-7-5113-7782-1
定　　价：52.00 元

中国华侨出版社　北京市朝阳区静安里 26 号通成达大厦 3 层　邮编：100028
法律顾问：陈鹰律师事务所
发 行 部：（021）64679493-816　　传　　真：（021）64679493-808
网　　址：www.oveaschin.com　　E-mail：oveaschin@sina.com

《山羊或谁是西尔维娅？》海报

《山羊或谁是西尔维娅？》海报

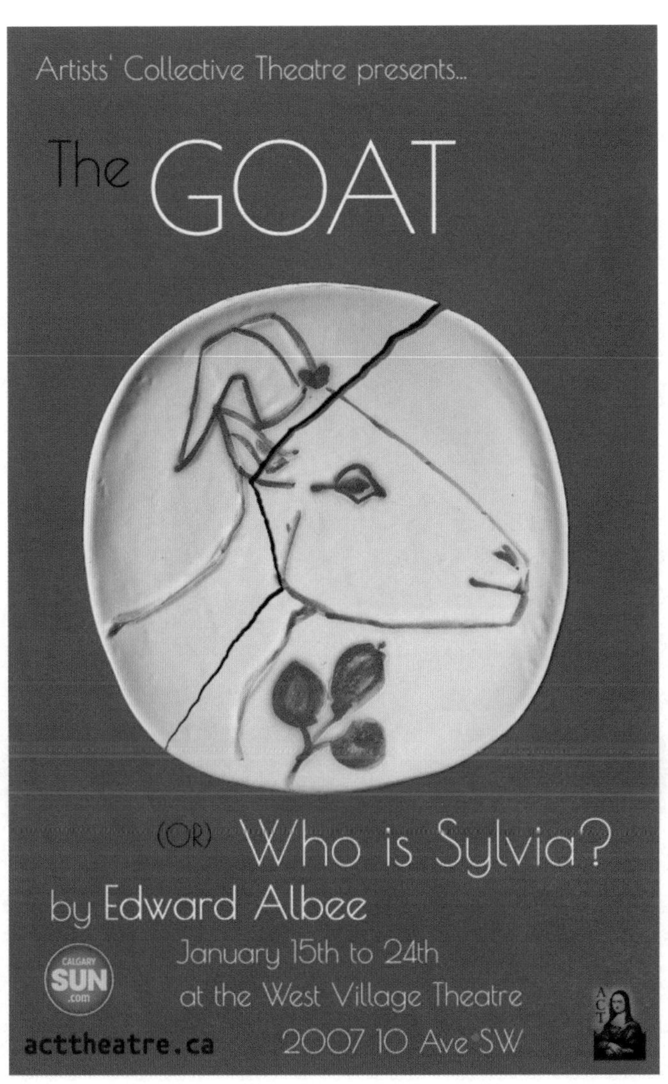

《山羊或谁是西尔维娅？》海报

《山羊或谁是西尔维娅？》海报

《山羊或谁是西尔维娅？》剧照，上图为马丁（左）和罗斯（右），下图为斯蒂薇（左）和马丁（右）。美国芝加哥，2011 年 4 月

《山羊或谁是西尔维娅？》剧照，（左起）比利、马丁和斯蒂薇。
美国芝加哥，2011 年 4 月

MATURE AUDIENCES
AGES 17 AND UP
EDWARD ALBEE'S
AT HOME AT THE ZOO
THEATRE
810
FEBRUARY 1ST & 2ND AT 7:30
FEBRUARY 3RD AT 2:00
JANUARY 25TH & 26TH AT 7:30
JANUARY 27TH AT 2:00
DIRECTED BY COOPER HELM

《在家在动物园》海报

《在家在动物园》剧照，彼得（左）和安（右）。美国芝加哥，2010年10月

《在家在动物园》剧照，彼得（左）和杰瑞（右）。美国洛杉矶，2017 年 3 月

ALGONQUIN COLLEGE THEATRE ARTS
Presents
Edward Albee's
Everything
In The
Garden
DIRECTED BY:
DON LAFLAMME
March 25-28
7:30pm
1385 Woodroffe Ave
Studio N112
Adults: $12
Students & Seniors: $10
media+DESIGN
For more information call: (613)-727-4723 ext. 5784
ALGONQUIN
COLLEGE

《欲望花园》海报

《欲望花园》剧照，（左起）理查德、杰克和詹妮。加拿大蒙特利尔，2012 年 12 月

《欲望花园》剧照，上图为詹妮（右）和图司太太（左），下图为杰克死去时的场景。加拿大蒙特利尔，2012年12月

目录

CONTENTS

“剧场和戏”丛书序

为什么读剧本？

李静

戏剧是外部的行动。戏剧是内心的隐语。戏剧是狭小有限的。戏剧无所不能。一旦你领教了戏剧的魔力，就不愿跳出她的手掌心。

这是有过美妙的剧场经验者共同的体会。但是，当剧作　尤其当代剧作——以书的样貌出现时，却会面临微妙的尴尬。它们不会像小说、诗歌、散文那样被当作自足的读物、文学体裁的终极形式，也不会像古希腊悲剧、莎士比亚、易卜生、契诃夫和贝克特那样，得到“经典文学”的加冕而不再被怀疑阅读的资格。不，它们会被认为是一种半成品，剧作家画出的施工草图，一如作曲家写出的交响乐曲总谱——除了作曲家、指挥家和演奏家，谁有必要去读交响乐总谱呢？同理，除了剧作家、导演和演员，谁有必要去读戏剧剧本呢？读者大多认为，剧作作为一本书，是“未完成”的，是舞台呈现的前一阶段，他们没必要去看一副没有血肉（由演员活色生香的表演构成）的骨骼。即便博雅如哈罗德·布鲁姆（Harold Bloom），也难免要说："某种意义上，戏剧艺术也是一种文字创作，但有时它的确更适合表演而非阅读。"

果真如此吗？

作为一名剧作者，我要说：真的不。

剧场演出的确使剧作"形象可见"，但它不是剧作的终极形式。剧作的终极形式，只能是剧作本身，它不折不扣是文学体裁之一种。它最完整的呈现，是在读者的阅读之中，而非剧场的舞台之上——舞台剧文本只是剧作的变形或局部。尤其当此"导演中心制"时代，人们普遍认为，导演的创造性主要体现在他/她对剧作的"改写"或"背离"之中；假如他/她"完全忠实于"剧作，会被认为只完成了一场剧本朗读，实属无能。因此，一部舞台剧与其说呈现了剧作家的剧作，不如说呈现了剧作家与导演之创作的最大公约数。莎士比亚的同一部剧作，会有成百上千个主题不同、长短不拘、面目各异的舞台版本，那是导演们借莎翁之酒杯浇自己之块垒。你若想知道莎翁本人是怎么想的、他究竟创造了怎样的世界，只能读他的剧本。当代剧作也面临同一命运——若想从舞台上了解剧作家的完整原作，几乎没有可能。

这也就是为什么要出版剧作和阅读剧作。

作为文学的戏剧，还有一层意思：有些内心的声音、灵魂的动作，唯有戏剧方能为之，诗、小说、散文则无法抵达。它是文字的真正的复调音乐。这是戏剧作为一种文体的独立性所在。巴赫金曾探讨陀思妥耶夫斯基小说的复调性质，那正是因为，陀翁的长篇小说无限趋近于长篇戏剧。也因此，当一部剧作被阅读，会对读者提出其他体裁未曾提出的要求：除了明了每个人物说了什么、掩饰什么，还要动用空间、视觉和声音的想象力，在虚空中“指挥”“看见”和“听到”这灵魂的交响乐。这是一个想象中的三维时空游戏，它要求每个读者都是剧作绝对忠实的导演。这比读小说累得多。但据我个人的经验，这种读剧之乐，也是读小说所不能取代的。

如果小说是“只对一人倾诉”的孤独文体，那么戏剧则是“灵魂当众诉说”的共享文体。由于戏剧是在公众观看的舞台上“言说的行动”，它的公共性是不言而喻的，但与全透明的公共演讲、信息发布和时政言论迥然不同：它半透明，有着难以穷尽的多义性。剧作家心中的舞台，带有古老的祭坛性质，要面对心中隐蔽的神灵；同时它也是社会论坛，召唤人们在这静默共处的空间里，凝神于共通的困境，交换暗涌的能量。

因此可以说，戏剧是一种宏观的感性，直觉的形而上，它更要求“意义”的承担，更具“革命性”。所谓戏剧的“革命性”，非指现实层面的行动力，而是指它作为一种文体的激进特征——总在求变，且随时可能在每个要素上发生变化。戏剧进入当代，早已不再是那个“讲好故事，塑造人物”的文学体裁，而是无所不包、无所不为地打破自身与其他艺术样式的界限，吸收其表达方式——有的剧作也用叙事人，这原本属于史诗和小说；有的剧作台词汹涌跳荡含混独语，这原本属于诗；有的剧作喷射抽象思辨而又怪诞不羁的长篇大论，这原本属于论文；有的剧作人物同时说话，角色安排如同重奏与交响，这原本属于音乐……一切手段，均被剧作家运用于想象的方寸舞台之上，吁请共享者倾听和注视。

这套“剧场和戏”丛书——《爱德华·阿尔比戏剧集》《迈克·弗雷恩戏剧集》《萨拉·凯恩戏剧集》《枕头人：英国当代名剧集》和《怀疑：普利策奖戏剧集》，集聚了当代英美剧作的精华，也是我个人私淑的写作导师。七年前，当我在文学批评和戏剧创作之间摇摆不定时，读到了马丁·麦克多纳的剧本《枕头人》。这个关于作家遭受审判和处决的故事——更具体点说，一个信奉“讲故事者的唯一责任就是讲一个故事”“没有企图，没有什么用意。没有任何社会目的”的作家遭受审判和处决的故事，既深刻又佻达，既烧脑又炽情，既暗黑又轻快，既怪诞又自然，绝妙地探讨了艺术创造与现实结果之间，那些悖论迭出的紧张关系——艺术与大众，艺术与自我，艺术与道德，艺术与政治……至今仍记得读罢掩卷时的狂喜与颤栗，和它传递给我的魅惑与召唤。只有在戏剧中，才能如此诗意、直接、强烈而变幻地探讨这些令我魂梦系之的主题，这是一种多么迷人的创造。中蛊一般，我吞下它的魅惑，响应它的召唤，笨拙决绝地开始了写作的第二次出发——戏剧创作。

因此，对于这套丛书（包括它们曾经的译者胡开奇先生），我心里深存感激之情。当严搏非先生邀我为它们的再版本作序时，心中雀跃而又愧不敢当——我哪有资格在这些良师面前说三道四呢，我所能做的，只是约略说出这些杰作带给我的震撼而已。

爱德华·阿尔比具有伟大的冒犯性，《爱德华·阿尔比戏剧集》里的三部代表作——《欲望花园》（1967）、《山羊或谁是西尔维娅？》（2002）和《在家在动物园》(2008) 足以为证。这些剧作虽创作时间跨度久远，却显现同一特质：以“性”为支点，以深具内在威胁的戏剧行动为杠杆，撬动人性–社会的幽深真相。三部剧作无“性”不成戏，不辗轧观众的道德边界不罢休，非为拓展已成陈词滥调的“性解放”疆域，而是把“性”用作测量社会病态与人之孤独的敏感试纸。显然，在这张试纸上，早年阿尔比（写作《在动物园》和《欲望花园》的时期）侧重显影社会整体的道德危机，越到晚年（写作《山羊》《在家在动物园》之第一幕的时期），越着迷于显现个体人的内在本性——那隐藏于人性和神性背后的兽性，并召唤人们发现、正视和理解自我深处的这只野兽。人的孤独，正来自最亲密者在最亲密的行为中，对“我”的内在野兽的压抑——这也是阿尔比如此频繁地从“性”的角度建立人物关系的原因。但是，人真的可以在自身打开“人”与“兽”的栅栏吗？真的可以为了探索神秘未知的生命暗地，而抛开救生船深入百慕大吗？剧作家没有给出答案。他只以古希腊悲剧般的酷烈，抛出“困兽”的哀嚎，其余的决定，交给有教养的观众–读者自己去做。

与长于搅动幽暗本能的爱德华·阿尔比相反，迈克·弗雷恩是一位有着“巨脑”的剧作家。《迈克·弗雷恩戏剧集》中的《哥本哈根》和《民主》，显示出他对艰深素材与错综历史的思想家型驾驭力和思辨力，以及源源不绝的戏剧想象力和形式创造力——这种浩大深邃的智性才能和超越目光，对中国剧作家尤有启示意义。在他这里，思索个体心灵、科学伦理、政治哲学和历史正义，是戏剧创作的前提与源泉。剧作家首先要成为知识分子。剧作家是知识分子-艺术家。而艺术家，则意味着发达的想象力和感性才能。成为迈克·弗雷恩是难的，难如一粒如琢如磨、璀璨多面的钻石。

萨拉·凯恩是一个永远流血的伤口。这位生于1971年、自杀于1999年的英国剧作家，是否死于对上帝天堂的惊鸿一瞥和对地狱秘密的深度知晓？无人有权评说。她的剧作，身体的暴力快感和道德的绝对追求总是相伴而生，从无过渡。这是青春对于“绝对”的渴念。这种渴念，这种焚身以火的终极之光，绝对主观的激情，几无可能在需要交流的客观艺术形式——戏剧中实现，但萨拉·凯恩做到了。在《4.48精神崩溃》中，她发明了“独奏交响乐”。这是一个灼人而炫目的生命在毁灭与升华中找到的艺术形式。这是超越了戏剧的戏剧。如同目击一场永不落幕的献祭，阅读这部《萨拉·凯恩戏剧集》时，着迷、敬畏和难以言喻的拒斥并存。死亡已参与萨拉·凯恩的所有写作。这使活着的人们永远无法以平常心对待她的作品。

英国当代名剧集《枕头人》和普利策奖戏剧集《怀疑》这两部多人合集，无一不引人入胜。马丁·麦克多纳的《枕头人》、安东尼·尼尔逊的《审查者》、约翰·尚利的《怀疑》和尼洛·克鲁斯的

《安娜在热带》(2017年在中国上演时改名为《烟草花》),我都曾在北京看过它们的中文版演出,有些剧目曾引起相当大的轰动。它们的剧场魅力表明,中国观众对好戏的接受力不成问题,需要加油的是汉语剧作者。如何呈现人性的复杂与幽微?如何锻炼思维的独特与浩瀚?如何让戏剧拥有超越时空的灵光,而不沦为就事论事的工具?这些作品启人自问。

杰作的意义和形式是不可穷尽的。诚如严搏非先生所说:从这些剧本中,你可以读到现代生活最深刻的困难,读到自己隐秘的灵魂。去面对这些吧,读者诸君,你们的理智将由此而清明并强健。

2017年5月30日

山羊或谁是西尔维娅？

The Goat, or Who is Sylvia?

2002年托尼奖最佳戏剧

2002年纽约戏剧委员会奖最佳戏剧

2002年纽约戏剧评论圈奖最佳戏剧

2003年普利策戏剧奖提名

角色

斯蒂薇

马丁

罗斯

比利

第一场

客厅。

斯蒂薇在场上插花。

斯蒂薇　（朝场下喊）他们几点来？（无人回应）马丁？他们几点来？

马丁　（在场下）什么？（上场）什么？

斯蒂薇　（微微一笑，一个字一个字地说道）他……们……几……点……来。

马丁　谁？（想起来）噢！哦。（看表）快了，就快来了。我怎么什么事儿都记不住？

斯蒂薇　（插花完毕）你怎么就记不住呢？

马丁　任何事，所有事，我一件都记不住。今天早上——单就说今天早上——我想不起来把剃须刀的新刀头搁哪儿了；想不起来罗斯的儿子叫什么——到现在也没想起来；外套口袋里有两张名片不知道哪儿来的，我连自己这会儿进来要干吗都忘了。

斯蒂薇　托德。

马丁　什么？

斯蒂薇　罗斯的儿子叫托德。

马丁　（拍脑门儿）对！你插花干吗？

斯蒂薇　装饰一下房间角落……

马丁　……你那边，还是我这边？

斯蒂薇　……你待会儿可能会坐这个角落，这样拍出来的画面好看些。

马丁　（闻花）是什么？

斯蒂薇　你问画面吗？

马丁　不是，这些。

斯蒂薇　洋牡丹。（又说道）花毛茛。

马丁　真漂亮。怎么没有香味儿？

斯蒂薇　这花比较内敛，你那木鼻子八成闻不出来。

马丁　（摇头，自嘲）所有感官都退化了！接下来就是味觉！触觉，听觉。哈！听觉！

斯蒂薇　什么？

马丁　什么？

斯蒂薇　一想到你才五十岁。你找到了吗？

马丁　　什么？

斯蒂薇　　剃须刀的新刀头。

马丁　　对！新刀头！我回头要用——整个儿剃须刀。

斯蒂薇　　你为什么要去想托德的名字？

马丁　　本来，我就不该把人家的名字忘了，再说等会儿罗斯来了问起比利，我总不能说："他很好；你家……那个……你儿子好吗……"

斯蒂薇　　托德。

马丁　　托德。"老托德怎么样？"

斯蒂薇　　小托德。

马丁　　对。小失误。

斯蒂薇　　没事儿的。你要请人家喝点什么吗？咖啡？啤酒？

马丁　　（想心事儿）可能吧。你觉得这是不是代表着什么？

斯蒂薇　　我不知道你指什么。

马丁　　就是我忘性大这事儿。

斯蒂薇　　应该没事儿：你要记的事情太多了，仅此而已。你可以去检查一下……如果你还记得咱家医生叫什么。

马丁　　（成功地想起来）帕西！

斯蒂薇　　没错！

马丁　　（自言自语）这还能忘？还有谁家的医生会叫帕西。（对斯蒂薇）我是怎么了？

斯蒂薇　　你已经五十岁了。

马丁　不，不单是这样。

斯蒂薇　又有预感了？感觉诸事顺利是事事不顺、祸事将近的前兆？类似这种？

马丁　（沮丧）大概吧。我进来干吗？

斯蒂薇　我听见你在门厅，我叫你的。

马丁　啊。

斯蒂薇　我**叫**什么？

马丁　你说什么？

斯蒂薇　我**是**谁？**我**是什么人？

马丁　（演戏）你是我一生的挚爱，我那讨人欢心又令人操心的儿子的母亲，我的玩伴，我的大厨，我的洗瓶娘。是吗？

斯蒂薇　什么？

马丁　帮我洗瓶了？

斯蒂薇　（困惑）没有经常洗。我可能——帮你洗过一个瓶子。你有很多瓶子吗？

马丁　每个人都有很多瓶子。

斯蒂薇　好吧。但是我**叫**什么？

马丁　（装糊涂）呃……斯蒂薇？

斯蒂薇　很好。这次会很久吗？

马丁　什么会很久？

斯蒂薇　采访。

马丁　　估计还是老样子。罗斯说不是做专题节目——类似于了解一下近况。

斯蒂薇　　在你五十岁生日。

马丁　　（点头）在我五十岁生日。我在犹豫要不要告诉他我大脑衰退了？如果我记得说的话。

斯蒂薇　　（大笑，从他背后抱住他）你的大脑没有衰退。

马丁　　我的什么？

斯蒂薇　　你的大脑，亲爱的；它没有衰退……丝毫没有。

马丁　　（认真）我这年纪得阿尔茨海默病还太年轻？

斯蒂薇　　应该是的。因为太年轻而免于受苦不是很好吗？

马丁　　（走神）嗯哼。

斯蒂薇　　有个笑话是，如果你想得起它叫什么，那你就还没得。

马丁　　得什么？

斯蒂薇　　阿尔茨……（他们都笑起来，他吻她的额头）噢，你真懂怎么撩拨姑娘家！吻额头！（闻他身上）你上哪儿去过了？

马丁　　（放开她，想心事儿）他们几点来？

斯蒂薇　　快了，你说的；就快来了。

马丁　　我说过？那就好。

斯蒂薇　　你找到了吗？

马丁　　什么？

斯蒂薇　　剃须刀刀头。

马丁　没有，应该就在什么地方。（在口袋里摸索，掏出几张名片）倒是这些！这些垃圾！这些到底是什么？！“基础服务有限公司。”基础服务有限公司？？什么玩意儿有限？！（看另一张名片）“克拉丽莎·阿瑟顿。”（耸肩）克拉丽莎·阿瑟顿？没写电话号码，也没……网络联系方式？克拉丽莎·阿瑟顿？

斯蒂薇　基础服务？克拉丽莎·阿瑟顿，基础服务？

马丁　嗯？每次别人给我这种东西的时候，我知道我该回一张给他们，但我没有。就很尴尬。

斯蒂薇　我跟你说过要去印一些……名片。

马丁　我不想印。

斯蒂薇　那就不印。她是谁？

马丁　谁？

斯蒂薇　克拉丽莎·阿瑟顿，基础服务。她身上有怪味儿吗？

马丁　我不知道。（又想起）我不知道她是谁，在我记忆里没这人。我们这星期去过哪儿？

斯蒂薇　（故作随意，舒展身体）噢，没关系，亲爱的。如果你再见这个叫阿瑟顿的女人，这个……施虐女王……身上有股怪味儿的……

马丁　我怎么见她——且不说她是谁？名片上什么都没有。施虐女王？！

斯蒂薇　不能是吗？

马丁　也许你知道的事情比我还多。

斯蒂薇　也许。

马丁　可能我也知道一两件你不知道的事情。

斯蒂薇　那就扯平了。

马丁　对。我看起来还可以吗？

斯蒂薇　上电视？可以。

马丁　对。（转身）真的吗？

斯蒂薇　我说了：可以，挺好。（示意）预科学校那根旧领带？

马丁　（一脸真诚）是吗？噢，对；是那根。

斯蒂薇　（不容他逃避）没有人会无意间系了预科学校的领带。没有人。

马丁　（思考）假如你忘了它的来历呢？

斯蒂薇　没有人！！假如你真得了阿尔茨海默病，到了不知道我是谁、比利是谁、自己是谁的地步，那样的话……

马丁　比利？

斯蒂薇　（大笑）行了！等你到了什么都不记得的地步，会有人把这个拿给你，（示意他的领带）你会看着它然后说，（十分拙劣地模仿老人）“啊！我预科学校时的领带！我预科学校时的领带！”

（他们咯咯地笑起来，门铃响起）

马丁　啊！劫数到了！

斯蒂薇　（就事论事地）如果你是在跟那个女人来往的话，我觉得我们最好谈谈。

马丁　（打住。停顿良久，就事论事地）如果我是的话……我们会谈的。

斯蒂薇　（尽可能随意）如果不是施虐女王，那就是某个小你一半儿岁数的金发女郎，某个……滥交女，以前大家是这么叫的……

马丁　……或者，最糟糕的情况，某个像你一样的人？像你一样聪明，一样机智，一样勇敢……只是……更嫩？

斯蒂薇　（暖暖一笑，摇头）你把这些全都收入囊中，是不是？

马丁　（同样一笑）足够了。

（门铃再次响起。接下来的几段台词以相当夸张的诺埃尔·考沃德戏剧风格表现：英国口音，浮夸的动作）

斯蒂薇　你确实有什么事儿，是不是？！

马丁　是的！我恋爱了！

斯蒂薇　我就知道！

马丁　不能自拔！

斯蒂薇　我就知道！

马丁　我曾抵抗过！

斯蒂薇　噢，可怜的人儿！

马丁　拼命抵抗！

斯蒂薇　我觉得你应该告诉我！

马丁　我不能！我不能！

斯蒂薇　告诉我！告诉我！

马丁　她叫西尔维娅！

斯蒂薇　西尔维娅？西尔维娅是谁？

马丁　她是山羊，西尔维娅是山羊！（脱离表演状态，此刻用正常语气，认真而平淡地）她是山羊。

斯蒂薇　（停顿良久；她直勾勾地看着，终于露出微笑。咯咯笑起来，开怀大笑，走向门厅；用正常语气）你太过了！（下场）

马丁　我太过了吗？（耸肩，自言自语）你试图*告诉*他们，你试图*说实话*。他们的反应呢？他们嘲笑你。（模仿）“你太过了！”（思考）我想我是太过了。

罗斯　嘿，亲爱的。

斯蒂薇　嗨，罗斯。（罗斯和斯蒂薇上场）

罗斯　你好啊，老家伙！

马丁　我就五十岁！

罗斯　这是一种爱称。这花不错。

马丁　是吗？

罗斯　什么？什么是吗？

马丁　“你好啊，老家伙。”花毛茛。

罗斯　你说什么？

斯蒂薇　洋牡丹的正式名称——这种花，按咱们这位老马丁的说法。

马丁　　也有人叫它毛茛花，不过听起来不太对，尽管可能大家都能接受。

罗斯　　（不感兴趣）啊！我们把椅子挪到……管它叫什么……那花边上。（对马丁）这把椅子你坐得舒服吗？

马丁　　我坐得舒服吗？我都不确定我有没有坐过这把椅子，（对斯蒂薇）我有吗？我坐过这把椅子吗？

斯蒂薇　　你刚才就坐过，还有上次罗斯和你一起做节目时你就坐的这把。

罗斯　　没错！

马丁　　对……但我舒服吗？我坐的时候有感到沐浴在温暖的阳光中一般心满意足吗？

罗斯　　你问倒我了，哥们儿。

斯蒂薇　　是的，心满意足；你坐在那儿，我看你仿佛沐浴在温暖的阳光里一般心满意足。我得走了。

马丁　　你要去哪儿？

斯蒂薇　　（不肯透露信息）出去。

马丁　　我们今晚待在家里吗？

斯蒂薇　　是的。我记得比利要出门。

马丁　　那还用说！

斯蒂薇　　我们待在家里。（高兴）今儿看电视！我去做一下头发，然后我可能会顺路去饲料商店。（咯咯笑着下场）

罗斯　　去哪儿？她要顺路去哪儿？

马丁　（盯着她离开的背影）没什么，没哪儿。（对罗斯）没别的工作人员？

罗斯　这次就我一个人——用老式手提摄像机。（示意摄像机）你坐好了吗？

马丁　（唱）哈，哈。（突然想起）老**托德**还好？

罗斯　“老托德”？

马丁　你知道的：老**托德**！

罗斯　你指我好像上个星期还抱在膝盖上“骑小马”逗他玩儿的毛头儿子？**那个**老托德？

马丁　多可爱的词儿——“骑小马”。对，就是**那个**老托德。

罗斯　那个我难以置信已经十八岁的小子？

马丁　不敢相信。

罗斯　也许是吧。

马丁　对，就是那个。我们中有谁相信？有谁想到过？

罗斯　那个又把我往中年之路上推了一把的小子？

马丁　对，就是那个。

罗斯　（漫不经心）他挺好。（大笑）上个星期他问我——这是打他四岁还是几岁以来头一次——问我为什么他没有弟弟或是妹妹什么的——为什么我和四月没再要一个孩子。

马丁　四月，五月，六月——美好的月份。你会给女孩子取这些名字。

罗斯　（毫不上心）对。（上心地）我跟他说，如果你第一次就做成了，何必再试第二次。

马丁　他对这回答满意吗？

罗斯　看样子是的。当然，我本来可以告诉他，我们大学毕业时整个班的人聚在一起发誓，我们每个人都只生一个孩子——为了抑制人口增长。说到这个，比利还好吗？你家的——你的独生子还好吗？

马丁　（试图用随口说说的语气）噢，上个星期过了十七岁生日——托德没来参加派对吗？没有，我猜他没来。比利这孩子真的很讨喜，跟你期望的一样机灵聪明，跟九十年代一样有同性恋倾向。

罗斯　暂时的阶段罢了。你跟他认真谈过没？

马丁　类似“等你遇到你的真命天女就会转性了”这种说教？没，我心里太明白了，他也是，比利也是。我告诉他一定要确定。他说他确定，他说他喜欢这样。

罗斯　他当然喜欢了；拜托，他有的是人可以睡！用不着操心他。

马丁　谁？

罗斯　比利！十七岁，这是个阶段。

马丁　就像月亮一样，嗯？

罗斯　船到桥头自然直——用个双关。（结束这个话题）比利会忘掉这些的，他会好的。

马丁　（令人宽慰又有点居高临下）当然。

罗斯　声音测试吧？手机关了吗？

马丁　斯蒂薇应该弄好了。

罗斯　我听见一种……急促的声音，像是……呜——嘘！或是……翼片之类的。

马丁　可能是复仇三女神。

罗斯　更像是洗碗机。好了，现在停了。

马丁　那可能就不是复仇三女神了，她们从不停歇。

罗斯　（赞同）她们一往无前。

马丁　没错。

罗斯　斯蒂薇为什么要去饲料商店？

马丁　她没去。

罗斯　那她为什么……

马丁　开个玩笑。

罗斯　她常开这玩笑？

马丁　不，是新的；崭新的。

罗斯　好了？准备好了吗？准备，马丁；现在开始；就按……你平常的样子。

马丁　真的？

罗斯　（略微有点不耐烦）好吧，不是；可能不行。拿出你面对公众的面孔。

马丁　（故作欢乐）好的！

罗斯　要从头保持到尾。

马丁　（更夸张）好的！！

罗斯　（低声）上帝啊！（播音语气）晚上好。我是罗斯·特托尔。欢迎收看《名人要士》节目。有些人的生日无人问津。当然……除了亲朋好友。而另一些人……有些人是……我本来想说“特别”但这说法……太蠢了，因为每个人都很重要，每个人都是特别的。但有些人的重要性非比寻常，他们影响着我们其余人的生活——增光添彩，潜移默化。我猜，有些人，就是……要比其他人更非同凡响。马丁·格雷——大家之前已经在节目上见过他——就是这样的男人，这样的人物。晚上好，马丁。

马丁　呃……晚上好，罗斯。（小声）现在是下午。

罗斯　（轻声低吼）我知道。闭嘴！（播音语气）马丁，这个星期你身上发生了三件大事。你成为建筑界的诺贝尔奖——普利兹克奖有史以来最年轻的获奖者。同时本周你又被选中担任“世界之都”的设计者，设计这座由美国电子科技出资两千亿美元，计划在中西部广阔的麦田上建造的未来梦之都。另外，这个星期，你刚刚度过了你五十岁的生日。生日快乐，马丁，也恭喜你获得殊荣！

马丁　（稍稍停顿，随意地）谢谢，罗斯。

罗斯　　这一周真不得了啊，马丁！

马丁　　（有点困惑）是啊，没错。这一周真不得了。

罗斯　　（大声）你感觉怎么样，马丁？

马丁　　你指步入五十岁？

罗斯　　（敦促）不是。*所有*这些事。是的。

马丁　　这个……

罗斯　　（预感得不到回答）一定感觉很惊喜！不对，是很兴奋吧！

马丁　　年过半百？不，并没有。

罗斯　　（不觉好笑）不！另外的！世界之都！普利兹克奖！那些！

马丁　　（实感惊讶）噢，那些！呃，是的……很惊喜，很兴奋。

罗斯　　（提醒）年纪轻轻就有如此成就。

马丁　　（天真）五十岁还年轻？

罗斯　　（克制自己）对获得普利兹克奖而言！他们通知你的时候你在哪儿？

马丁　　我在健身房；我光着膀子，斯蒂薇给我打的电话。

罗斯　　斯蒂薇是你太太。

马丁　　我知道。

罗斯　　你是什么感觉？

马丁　　斯蒂薇是我太太这事儿？

罗斯　　不，得奖的事儿。

马丁　　那个，感觉……很满足——不是指光膀子，而是……听到那个消息——得奖的事儿。

罗斯　　（热情洋溢）你当时有没有……大吃一惊？！

马丁　　那个，没有；他们之前就暗示过——我是说得奖的事儿，而且……

罗斯　　（着重提醒）但还是很令人高兴，不是吗？

马丁　　（明白该说什么）对；对，很令人高兴——确实很令人高兴。

罗斯　　说说“世界之都”吧。

马丁　　那个，你刚刚都说了：投资两千亿美元，在堪萨斯州的麦田，之类的……

罗斯　　真是一项殊荣！同获两项殊荣！你到达了……成功的巅峰，马丁……

马丁　　（细想）你是说从今往后就走下坡路了？

罗斯　　卡！卡！（放下摄像机。对马丁）你是怎么回事？！

马丁　　怎么了？

罗斯　　这叫我怎么拍！你离题十万八千里！！

马丁　　（思考）有那么远。

罗斯　　想再试一次吗？

马丁　　试什么？

罗斯　　录像！节目！

马丁　　（像是才看到摄像机）噢。

罗斯　　我们在录像!

马丁　　(不悦)是的,我知道。

罗斯　　(关切)是不是有什么事?

马丁　　我想是的。应该是的。

罗斯　　这时该说,你想聊聊吗?

马丁　　聊什么?

罗斯　　聊出了什么事。

马丁　　(担忧)怎么了?出什么事了吗?

罗斯　　是你刚说有什么事,你心里有事。

马丁　　(心不在焉)噢。

罗斯　　四十年了,马丁;我们认识四十年了——从我们十岁那年算起。

马丁　　(试图理解)是啊。这代表你就有什么了吗?有权利,还是什么?

罗斯　　我是你最老的老朋友了。

马丁　　不,我大学时的美学教授才是,我现在还会见他,他比你老得多,他已经九十多岁了。

罗斯　　(无比耐心)你最久的朋友:你认识时间最久的人。

马丁　　不,我萨拉姨妈才是,她认识我……

罗斯　　(试图保持耐心)她不是朋友!

马丁　　(低沉,静静诧异)哦?

罗斯　　(濒临放弃)不,她是亲戚,亲戚不是朋友!

马丁　　噢，听着……

罗斯　　跟朋友不一样。上帝啊！

马丁　　啊！对，你说得对。作为朋友，我跟你认识的时间最久。（稍作停顿）这有什么关系吗？

罗斯　　因为你有烦恼，我觉得身为你的老朋友也许可以……

马丁　　我有吗？真的吗？

罗斯　　你刚说有什么事！

马丁　　（想不起）我说了，啊？

罗斯　　你怎么这么……（找不到合适的词）

马丁　　你还在拍吗？还在录像吗？

罗斯　　（重重叹气）没有。我们回头到摄影棚再试吧。对不起。

马丁　　我能站起来了吗？

罗斯　　如果你想站起来的话，如果你觉得不舒服的话。

马丁　　你为什么把我当孩子一样说话？

罗斯　　因为你表现得像个孩子。

马丁　　（天真）我有吗？

罗斯　　这周大概是你一生中最重要的一周……

马丁　　（动容地，仿佛事不关己）真的是！

罗斯　　……而你却表现得像不知道自己要干吗，不知道自己在哪儿。

马丁　　（沉浸在自己的世界中，几近自言自语）也许是……爱情之类的缘故。

罗斯 什么也许是?

马丁 像个孩子。

罗斯 (猜中!)你出轨了!

马丁 嘘!我说,上帝啊!

罗斯 (耸肩)没事儿,他没有出轨。

马丁 上帝啊!真可惜你没带工作人员来,他们就爱听这些。

罗斯 (冷淡)他们都是专业人士。

马丁 所以……?

罗斯 所以……?

马丁 你们现在关系不好了?

罗斯 他们都是专业人士。你想要我怎么做——叫他们过来吃晚饭?叫所有工作人员过来吃晚饭?

马丁 (困惑)不,我没那么想。(转念一想)干吗不呢?

罗斯 嗯?

马丁 干吗不叫他们过来吃晚饭?

罗斯 噢,看在老天爷的分上,马丁!

马丁 (举起双手,退守)好的!好的!上帝啊!

罗斯 只是……只是我不太……掺和……

马丁 (欢乐)打下手的人?!你不跟打下手的人掺和在一块儿?!

罗斯 你今天是怎么回事?!我不是这个意思,你很清楚。

马丁　（半认真半玩笑）你是个势利鬼！我心里一直清楚这一点。你一个左翼无产阶级背景的人，却是个势利小人：最恶劣的一类人。

罗斯　（恳求，警告）我们是最要好的朋友，还记得吗？

马丁　意思是……？

罗斯　我们彼此欣赏。

马丁　（“原来如此！”）噢——！

罗斯　超越其他任何人。

马丁　（同上）噢——！（思考）对，没错。不然我还能跟谁使性子？

罗斯　斯蒂薇？？

马丁　我跟你说，斯蒂薇不能忍受别人使性子。如果她有缺点的话就是这个。“别使性子，马丁。”

罗斯　真可惜。

（此刻两人都平静下来）

马丁　（耸肩）那个……你知道的。

罗斯　（停顿）所以你坠入爱河了。

马丁　跟斯蒂薇？当然了！都已经二十二年了。

罗斯　不，我是指……“坠入爱河”。啪啪啪！嘿嘿嘿！

马丁　你到底在说什么？！“嘿嘿嘿”？！

罗斯　你说你坠入爱河了——我理解的是跟斯蒂薇以外的人。

马丁　（真诚）真的吗？我不记得了。

罗斯　　（不耐烦地叹气，生硬地）好……吧！那就这样吧！

马丁　　（见罗斯收拾东西，一派天真地）你去哪儿？

罗斯　　（盯着他）我在收拾东西，带着我的左翼……什么来着？

马丁　　呃……无产阶级。

罗斯　　……无产阶级的本性离开这里。

马丁　　这时该说“这又是为什么！”……

罗斯　　听着，我是来采访你的。

马丁　　好吧。

罗斯　　为了增强你的自我价值超越……

马丁　　我没有自我价值……

罗斯　　放屁！超越它原本的价值，全他妈被你搞砸了。

马丁　　好吧。你很喜欢说“他妈”。

罗斯　　你很喜欢说“好吧”。（他笑起来，马丁也是）

马丁　　都是不入流的口头禅。

罗斯　　（微笑）是啊。（停顿）那，跟我说说。

马丁　　（拘束）说什么？

罗斯　　（稍带催促）你的新欢。

马丁　　噢，那个。

罗斯　　对。

马丁　　我不确定我想不想说。

罗斯　　是的，你想。

马丁　……能不能说。

罗斯　试试看。

马丁　（微微一笑）你真缠人。

罗斯　我们是最要好的朋友。（马丁试着开口，说不出口）最要好的朋友。

马丁　（沮丧的情绪爆发出来）知道了！知道了！（缓慢而重重的叹气，停顿良久）我不知道自己有没有想到过……就是，我和斯蒂薇会……不对，我们没有。（停顿）

罗斯　你是在说那件事吗？

马丁　我正要……或者说我正要开始说。

罗斯　哦，好的。

马丁　我刚才说了，我从没想到会发生这种事。我们俩一直和睦融洽——在床上，在外头；一直坦诚相对，一直……体恤彼此。在这段婚姻里我从未有过不忠的行为；我希望你明白这一点；按大家的话说，从未有过身体上的出轨。

罗斯　很厉害。很棒，但也……哇哦！

马丁　是啊：哇哦。噢，我有过那么一次或是两次在派对进行到后半夜时在厨房里被一两个美女上下其手，还有在外面也手淫过几次，但我从来没有……真的干过。你明白我的意思。

罗斯　　嗯，我明白。

马丁　　我从来不觉得……就是，有那个必要，不管是为了去进行比较，还是……为了做而做。我感觉自己从来没有那种需求。你记不记得那次，周末大学同学聚会上我们俩决定打电话叫他们告诉我们的……那帮家伙告诉我们的那种服务？

罗斯　　（懊恼地大笑）女子援助社？

马丁　　对，你打了电话，然后……

罗斯　　……然后来了两个小妞……

马丁　　小妞们。

罗斯　　什么？（粗俗）噢——我想起来了。

马丁　　……当时你已经结婚了，我和斯蒂薇在约会……或者说在一起……

罗斯　　……随便吧。

马丁　　嗯。

罗斯　　（试图回想）她们叫什么来着？

马丁　　我那个叫爱丽丝。

罗斯　　壮妞。

马丁　　大块头爱丽丝。

罗斯　　对！我那个叫特露蒂，还是特莉克西，还是……

马丁　　四月。

罗斯　　什么？四月？

马丁　　对，四月。

罗斯　　（对自己）噢，见鬼；四月就叫四月。

马丁　　（着重）是的，没错。

罗斯　　见鬼。（停顿，恢复常态）然后我们把她们带到我们的房间——两张床，两个小姐。

马丁　　就跟我们住一个宿舍时一样。

罗斯　　重聚中的重聚。

马丁　　是啊，我想是的。你还记得后来的事吗？

罗斯　　不记得了。后来怎么了？

马丁　　我没做成，硬不起来。

罗斯　　（想起）噢，对。大学那会儿你可从没出过这种问题！

马丁　　那时我还没遇到斯蒂薇。

罗斯　　（更冷静）对。

马丁　　聚会那晚跟大块头爱丽丝……

罗斯　　你已经和斯蒂薇在一起了……

马丁　　对。

罗斯　　我想起来了。

马丁　　我不知道自己为什么会想要……你懂的。

罗斯　　是啊。没错。

马丁　　我已经爱上了斯蒂薇，只是不知道爱得有多深。

罗斯　　（稍带揶揄）有种说法很不可思议，说是……

马丁　　别这么愤世嫉俗。

罗斯　　噢，又出现一个新属性赋予我的左翼……什么来着？

马丁　　无产阶级背景。

罗斯　　对。我的左翼的、无产阶级背景的、势利的、愤世嫉俗的本性。

马丁　　对，但并不新。（两人微笑）你很清楚，对吗？爱上斯蒂薇就意味着她拥有我的整个身心。你看，有时候我出远门，斯蒂薇在家，我觉得心痒难耐……

罗斯　　你脑海里就想着斯蒂薇——想着你和斯蒂薇……

马丁　　（羞怯）是的。

罗斯　　（摇头，模棱两可）棒极了。

马丁　　我不懂你的意思。

罗斯　　没什么意思。接着说，你是怎么搞砸的？

马丁　　（困惑）什么？搞砸什么？

罗斯　　你在跟我兜圈子吗？

马丁　　没有。搞砸什么？

罗斯　　（严肃）当然是你的生活——你和斯蒂薇的关系。你是怎么搞砸的？

马丁　　（停顿）噢。（停顿）那个。

罗斯　　（不耐烦）让你回答个问题怎么……

马丁　　知道了！知道了！我刚才也说了，我从来没有过不忠的行为，从来没有过那个需求……从来没有……

罗斯　对，对；没错。你说了。

马丁　然后……有一天……（打住）

罗斯　（沉默片刻）什么？！

马丁　然后有一天。（不再开口）

罗斯　（停顿良久）没了？！

马丁　（继续）然后有一天……有一天……我正在找房子——确切地说是在找仓房。我和斯蒂薇决定要在乡间置一处房产——可能买个农场——安享晚年。所以，我开车到城外大概六十英里的地方。斯蒂薇没能跟我一起去。

罗斯　在郊区很远的地方。

马丁　对，在郊区很远的地方。四周都是农场，一座座小小的农场。我找到一处很不错的地方，一间很不错的老式农舍，还有一大片地。

罗斯　二十年代那种老房子，之类的吧。

马丁　对！类似的。我给斯蒂薇打电话，跟她说一定得来看看，我会预定下来等她亲自来看。然而斯蒂薇她……“一个农场？”她说，但我说，“等一下！”房产中介那人就这样等了好一会儿。之后我开车离开小镇回到高速公路上，在一座小山头上停了下来。

罗斯　山顶。

马丁　　对。我停了下来，那景色……并不算壮观，但是……很美。秋色，你知道吧？树叶渐渐变色，小镇在我脚下一览无遗，大片云彩飞快地掠过天空，空气中泛着乡间的气息。

罗斯　　牛屎之类的。

马丁　　（模仿乡间语调）新割的干草堆，伙计！乡间的气息，苹果的香气！（恢复正常语调）路边堆得高高的玉米和其他作物，还有满满的一筐筐——豆子、番茄和只有在夏末才有的大白桃子……

罗斯　　（泛泛）就那些，对。

马丁　　（摇头）噢，你们城里人！从山顶上我可以循着小路通往农场，那感觉令我不禁颤抖。

罗斯　　荒唐常给人这种感觉。

马丁　　总之……

罗斯　　总之。

马丁　　总之，景色非常美。然后我转身回车上，当我正要回车上时，拿着我的战利品——蔬菜和其他东西……（语气变为轻轻的诧异）就在那时我看到了她。（仿佛在眼前）就那样……就那样看着我。

罗斯　　黛西·梅！金发披肩，花衬衫裹着大奶子，裸露的小腹，金色的长发垂到肚脐上，嘴里咬着一根麦秆……

马丁　　（稍带警告的微微一笑）你不明白。

罗斯　　不是？没有金发？没有奶子？

马丁　　不是。她就在那儿，用她那双眼睛看着我。

罗斯　　那就是爱。

马丁　　你不明白。

罗斯　　不是？那不是爱？

马丁　　不。是的；对，那就是爱，但我那时候不知道。（对自己）我怎么会知道？

罗斯　　那时候只是欲望作祟，对吗？

马丁　　（悲伤）你不明白。（停顿）我不知道那是什么——我当时感觉到的。那是……那跟我过去有过的感觉都截然不同；感觉……那么……不可思议，那么……非同凡响！她就在那儿，看着我，用她那双眼睛，而且……

罗斯　　（不耐烦）你跟她说话了吗？

马丁　　（不可置信地大笑）我什么？

罗斯　　你跟她说话了吗？！

马丁　　（思考）呵！是的；对，我说了。我走向她，走到她跟前，跟她说话，她朝我走过来……她那双眼睛，我抚摸她的脸颊，然后……（突然）我不想说这件事，我没法儿说这件事。

罗斯　　好吧，我帮你说。你一直在见她。

马丁　　（惨然一笑）是的；噢，是的；我一直在见她。

罗斯　　你在跟她搞婚外情。

马丁　　（困惑）什么？搞什么？

罗斯　　（语气加重）你在跟她做爱。

马丁　　（眼前顿时出现画面）是的，是的，我在跟她做爱。噢，上帝啊！

罗斯　　（语气缓和）你爱上了她。

马丁　　就这样，你明白了吧。

罗斯　　哪样？我明白什么？

马丁　　我一直在见她；我在搞……婚外情，大概。不！这个说法不对。我在……（神情痛苦）跟她做爱，就像你刚说的——这一切都……甚至超过了……是的，我确实那么干了。

罗斯　　（敦促）……并且你爱上了她。

马丁　　（哭了起来）是的！是的！没错！我爱上了她。噢，上帝啊！噢，西尔维娅！噢，西尔维娅！

罗斯　　（停顿片刻以示礼貌）我很纠结该不该问，可……西尔维娅是谁？

马丁　　我不能告诉你！

罗斯　　除了我你还能跟谁说？你不能跟斯蒂薇说，那样会……

马丁　　不行！！

罗斯　　那好，她是谁？西尔维娅是谁？

（马丁停顿；走过去拿钱包，从里面拿出一张照片，看着，犹豫着，然后别过脸将它递给罗斯。罗斯接过照片，看了一眼，又看了一眼，哈哈大笑起来，笑得咳嗽起来）

马丁　（羞怯）别笑了。求你，别笑了。

罗斯　（盯着照片，直截了当）这是西尔维娅。

马丁　（点头）是的。

罗斯　（补充解释）这是西尔维娅……你在 × 的那谁。

马丁　（神情痛苦）别这样说话。（脱口而出）那个对象。

罗斯　……你在搞婚外情的那个对象。

马丁　（轻声，点头）是的。（停顿）是的。

罗斯　多久了？

马丁　（轻声）六个月。

罗斯　上帝啊。你必须告诉斯蒂薇。

马丁　不行！我做不到！

罗斯　你必须……你不说的话我去说。

马丁　（央求）不！罗斯！求你！

罗斯　（真心诚意）你捅了大篓子了。

马丁　（停顿，小男孩似的）真的吗？

罗斯　（沉静，看着照片摇头）当然了，老朋友；毫无疑问。

马丁　可是，罗斯，你不明……

罗斯　（大声）这是一头山羊！你在跟一头山羊搞婚外情！

你在 × 一头山羊!

马丁　(停顿良久,如实)是的。

第一场完

第二场

客厅,第二天。马丁、斯蒂薇和比利,斯蒂薇拿着一封信。

比利　(对马丁)你在什么?!你在 × 一头山羊?!

马丁　(示意斯蒂薇,她站在窗边看向窗外)比利!拜托你!

比利　上帝啊!

马丁　别说粗话。

比利　(嗤笑)别什么?!

马丁　别说粗话,你还太小。

比利　(考虑片刻,然后)去你妈的!!

马丁　比利!你妈妈!

比利　(嗤笑)你在 × 一头山羊还叫我别说粗话?!

马丁　要知道,你自己的性生活也有一点……

斯蒂薇　(依旧站在窗边,冰冷地)好了,你们两个!

比利　(对马丁)好歹我的对象是……人!

斯蒂薇　（转身朝屋内）我说了，好了，你们两个！

比利　你个 × 山羊的！

马丁　你个死同性恋！

（沉默）

比利　（对马丁，轻声，受伤地）死同性恋？你管我叫死同性恋？！

马丁　（柔声，对比利）我……我很抱歉。

斯蒂薇　（平和地）你爸爸道歉了，比利。

马丁　对不起。（想要摆脱这个话题）你是同性恋，这没关系，你爱干什么爱怎么干跟我没有一点关系。（斟酌）我的意思是我不在乎你是哪种取向。

比利　是啊！当然！

斯蒂薇　（冷淡）我说了，你爸爸为管你叫死同性恋的事道歉了，因为他不是把那种话挂在嘴边的人。他是一个体面、开明、正直、有才、有名的绅士，（语气加重）目前看来在 × 一头山羊；我很想谈谈这点，如果你不介意的话。又或者……即使你介意也一样要谈。

比利　（乖巧）当然，妈妈；对不起；你们谈吧。

马丁　（叹气）噢，天啊。

斯蒂薇　（客观）我们再来看一下罗斯的信，好吗？（挥了挥信）

马丁　（受伤而愤怒）他怎么能这样！他怎么能做出这种

事来！

斯蒂薇　（冷冰冰）他怎么能——他是我们俩最要好的朋友，一个你可以将妻子托付给他的人——不是吗？……

马丁　……是的，当然……

斯蒂薇　罗斯怎么能给我写这样一封信？（又挥了挥信）

马丁　是啊！！

斯蒂薇　（镇定，冷漠，引述）“……因为我爱你，斯蒂薇，正如我爱马丁那般，因为我爱你们两个人——敬你们，爱你们——我无法保持沉默，在此危急关头，无论是对于你们俩，还是对于马丁的公众形象，还有你满腔深情的……”

马丁　满嘴屁话！

斯蒂薇　是吗？

马丁　是的！

斯蒂薇　那好，总而言之，我们不要假装他从来没写过这封信，不要假装我今天没有在邮件里看到这封信——这点倒是不错：没用什么乱七八糟的电子邮件——也不要假装我没有看过这封信。

马丁　不；不，当然不会。

斯蒂薇　不要假装罗斯没有告诉我你搞婚外情的对象是……（看信）他是怎么说的？……“婚外情的对象是一个叫西尔维娅的，我实在是羞于告诉你……”他说话还真是华而不实，是不是！

马丁　是的；对，他确实是。

斯蒂薇　“我实在是羞于告诉你那是一头山羊。”

比利　上帝啊！

斯蒂薇　（和马丁同时）你能不能安静点？！！

比利　（猛地被吓住）嘿！好的！上帝啊！

斯蒂薇　（回到正题，继续引述）“得知此事必定会令你感到震惊以及苦恼不堪，但我感到我有义务向你传达这个信息……”

马丁　（略感不可置信）信息？

斯蒂薇　对，“信息”。

马丁　上帝啊！这是什么喜讯吗？

斯蒂薇　“……我确信你会更愿意从一个挚友口中得知这一切……”不然要从哪里？动物保护协会吗？！

马丁　（苦恼）噢，上帝啊；噢，上帝啊。

斯蒂薇　“毫无疑问，马丁……”毫无疑问？

马丁　大概。

斯蒂薇　“……毫无疑问马丁会告诉你所有我未告诉你、无法告诉你的事。”（对马丁）要朋友有什么用，啊？

比利　（十分悲哀）噢，爸爸！

马丁　可怜的爸爸？

比利　什么？

马丁　　没什么。

斯蒂薇　　（平静）那么，现在你要告诉我所有罗斯没有告诉我、无法告诉我的事。当然，你得先跟我说说要朋友有什么用。

马丁　　噢……斯蒂薇……（准备走向她）

斯蒂薇　　（突然，冷漠）别靠近我，待在那里。你身上一股羊膻味儿，一股屎味儿，各种我难以想象的味道。离我远点儿！

马丁　　（张开双臂，绝望）我爱你！

比利　　（轻声）上帝啊。

斯蒂薇　　你爱我。看看我能不能理解这句话。你爱我。

马丁　　对！

斯蒂薇　　但我是一个人，我只有两个乳房，我直立行走，我只在特定情况下分泌乳汁，我方便时会去厕所。（哭了起来）你爱我？我理解不了。

马丁　　（更加绝望）噢，上帝啊！

斯蒂薇　　你爱得如此吝啬还怎么爱我？

马丁　　（绝望更甚）噢，上帝啊。

比利　　× 一头山羊？！

马丁　　（对比利，严厉）够了！出去！

比利　　（对斯蒂薇，张开双臂）我说什么了？我说他……

马丁　　够了！

比利　看在上帝的分上，我……

马丁　回你屋里！

斯蒂薇　（几乎要笑出声）噢，不是吧，马丁！

比利　（不敢相信）回我屋里？！

马丁　回你**屋里**！

比利　你当我是——八岁小孩还是怎么的？回我**屋里**？

斯蒂薇　还是去吧，比利。留在这里对你不好。

马丁　（对斯蒂薇）说得好。

斯蒂薇　（冷漠地）谢谢。

比利　（对斯蒂薇）你要我把你留在这儿和这个……这个……**变态**在一块儿？

斯蒂薇　（打圆场）回你自己屋吧，比利，或者去外面，或者……

马丁　……或者去你们的哪个公共便池，或是哪个死亡俱乐部，或是……

比利　住口！！

马丁　（大开眼界）哇哦！

比利　（讥讽）你好像懂得不少。

马丁　（并非出于自我辩解）我会**看书**。

比利　当然了。（对斯蒂薇）妈，你要觉得没事的话那我就走；我会走的。（对马丁）但不是去你说的……“那种地方”。我可能会回我自己屋，我可能会关上房门，我可能会躺在床上，我可能会开始痛哭，可能会越哭越响，越哭越厉害，但你可能听不到——你们俩都听不到——因为你们正忙着互相残杀。但我还在，我这颗八岁的小心脏无疑会破碎——就像人们常说的，碎成两半。

马丁　　（些许惊叹）很好，非常好。

斯蒂薇　　（心不在焉）对；很好，比利。

比利　　（逃离，几近泪崩）上帝啊！

斯蒂薇　　（当他下场时）比利……

马丁　　（轻轻地）让他去吧。（沉默，轻轻地）好了，现在；就只有你和我了。

斯蒂薇　　（停顿）是的。

马丁　　（停顿）我以为你是想谈谈这事？

斯蒂薇　　（冷笑）噢，上帝啊！（又想起）你以为？

马丁　　这是“对”的意思吗？

斯蒂薇　　（冷漠，一丝不苟）我今天出去买东西了——买礼服手套，如果你想知道的话。我现在还会用到——出席婚礼之类的场合……

马丁　　（困惑）谁要结婚了？

斯蒂薇　　（大声）闭嘴！

马丁　　（神情痛苦）对不起。

斯蒂薇　　（恢复常态）……买礼服手套，然后去了渔人海鲜店买西鲱鱼子——刚进的货——然后回到家，你出去了，我听见比利的屋里在放音乐，今天的邮件送来了。你出去之后信才来的——这倒也不影响；我们从来不拆对方的信件。

马丁　要是拆的话就好了。

斯蒂薇　哦？我迟早会知道的。然后我看到了罗斯寄来的信。“罗斯？给我写信？会有什么事！”

马丁　（轻轻地）噢，上帝啊。

斯蒂薇　……我站在食品贮藏室里。我把鱼子放好，从厨房出来朝饭厅方向走，在走向楼梯的路上我开始读这封信。

马丁　罗斯不该这么做。他知道他不该这么做……

斯蒂薇　（读信，不紧不慢，几乎觉得有些好笑）“最最亲爱的斯蒂薇……”

马丁　噢，上帝啊。

斯蒂薇　“这是我这辈子最难以下笔但又不得不写的一封信。”

马丁　可不是！

斯蒂薇　你不信？“……我这辈子最难以下笔但又不得不写的一封信，写给我最最亲爱的朋友们。但是正因为我爱你，斯蒂薇，正如我爱马丁那般，因为我爱你们两个人——敬你们，爱你们——我无法保持沉默，在此危急关头，无论是对于你们俩，还是对于马丁的公众形象，还有你满腔深情的……”

马丁　我说过了，满嘴屁话。

斯蒂薇　……“无私奉献。我必须直言不讳，婉转暗示只能拖延必然发生之事。马丁——这是他对我亲口所说”……（插话）我也想当场听到那段对话！

马丁　不，你不会想的。

斯蒂薇　（继续读信）“马丁婚外情的对象是一个叫西尔维娅的……”（对马丁）我当时心想，噢，上帝啊；至少不是我认识的人；至少不是罗斯的第一任妻子，我一直以为会是她，假如你有心思要……

马丁　（惊讶）丽贝卡？

斯蒂薇　对，或是你的新助理……

马丁　（困惑不解）谁？泰德·莱恩？

斯蒂薇　不，另一个——有胸的那个。

马丁　噢，露西什么来着的。

斯蒂薇　对，露西“什么来着的”。你们男人没救了。我读到哪儿了？（继续读信）……“婚外情的对象是一个叫西尔维娅的，我实在是羞于告诉你……那是一头山羊。得知此事必定会令你感到震惊以及苦恼不堪，但我感到我有义务向你传达这个信息，我确信你会更愿意从一个挚友口中得知这一切。毫无疑问，马丁……”毫无疑问？

马丁　　（耸肩）听上去没错。

斯蒂薇　　“毫无疑问，马丁会告诉你所有我未告诉你……无法告诉你的事。深爱着你们俩的，罗斯。”（停顿）就这样。

马丁　　是啊。“就这样”。

斯蒂薇　　（并不迫切，坚定）我们现在来讨论这事。

马丁　　（重重叹气）当然可以，虽然你不会理解的。

斯蒂薇　　哦？你知道我是怎么想的吗——在我从头到尾读完这封信之后我是怎么想的吗？

马丁　　不，我不想知道……也不想猜。

斯蒂薇　　噢，我笑了，当然啊：这个玩笑开得恶劣却也好笑至极。“这个罗斯，我跟你说，这个罗斯！你玩笑开得太过火了，罗斯。确实很好笑……可笑得……不像话，但真的太过分了，罗斯！”于是，我摇头大笑——笑这封信的内容之恶劣，荒唐至极，恶劣至极；有些事情糟糕到你只能付之一笑——然后我听着自己的笑声，我开始奇怪我为什么——要笑。“仔细想想的话这事并不好笑，罗斯。”我为什么要笑？然后就像这样，（打响指）我停下了；我停下不笑了。我意识到——这种感觉就像你突然从高楼上坠落——噢，见鬼！我从楼上摔下来了，我要死了；我会在人行道上摔成一滩肉泥；就像这种感觉——

这根本不是什么玩笑；尽管恶劣，尽管荒唐，但它不是一个玩笑。然后所有的事都联系起来了——罗斯昨天来采访你，那股怪味儿，我们俩的那段诺埃尔·考沃德式的对话讨论你在搞婚外恋，跟一头山羊。你都说出口了而我却付诸一笑。你**告诉**我了！你都直截了当地**告诉**我了，我却一笑而过，还开玩笑说要去饲料商店，我还**笑**了。我居然还笑了！直到一切静止，直到笑声停下。直到所有事情合在一块儿——罗斯的信和其余的种种：那股奇怪的味道……情人留在你身上的香味。然后我就知道了。

马丁　斯蒂薇，我真的……

斯蒂薇　闭嘴。然后我就知道了。接着，自然，我便开始相信。知道——知道真相是一码事，但**相信**你所**知道**的……噢，那才是最困难的部分。一路走来对于生活中的颠簸起伏我们都有思想准备，无论是打破平静的骚动、谎言、逃避还是不忠——**如果**真的发生的话。（十分随意）顺便说一下，我们在一起的这些年里，我从没有过婚外情；哪怕是跟一只猫，哪怕是跟……**任何**东西。

马丁　噢，斯蒂薇……

斯蒂薇　我们准备好应对……一些情况，甚至是应对趋于平淡；不可避免的……趋于平淡，我们觉得应对任何情况，不管发生什么，但我们还是没想到，是不是！（正对马丁）是不是！

马丁　（悲痛）是的；是的，我们没有。

斯蒂薇　我们是没有！（教诲）有时候会发生一些越界、与游戏规则无关的事情。在你还没有一点思想准备的时候死亡就突然降临——这也是游戏的一部分。一次中风让你只能呆坐着看着一周前还是你丈夫的人如今成了废人——这又是另一部分。感情的疏离，潜移默化，以至于你都不知道它正在发生，也可能突然爆发——这并不常见，但偶尔也会——这又是另一部分。你在书上读到过配偶——上帝啊！我讨厌这个词！——“配偶”突然之间开始穿着礼服——你的或是她们自己的华服——妻子们搞起了拉拉……但假如有一样东西你不能去碰，不管你的口味有多猎奇，那就是……兽交。

马丁　别说了！你不明白。

斯蒂薇　×动物！不，这是你怎么也没想到的，这是你疾驰在人生道路上时未曾留心的偏僻小路，就像老套的肥皂剧里演的。“噢，不知道他什么时候开始会把脑筋动到牲口上去。我得问问妈妈爸爸有没有干过这事，她是怎么处理的。”不，这是你怎么也没想到的——

也想象不到的。（停顿，语气欢快却又冷酷）那么！你今天过得怎么样？

马丁　（停顿，试图保持随意）噢……今天在办公室干得挺顺利的。为“世界之都”做的设计，规模甚至要超过……

斯蒂薇　（一贯微笑）噢，太好了！

马丁　……然后我到男装缝纫店老板那儿去了一下……

斯蒂薇　（假装不解）男——装——缝——纫——店——老——板。是专门做男装缝纫的人？

马丁　应该是做男装。缝纫属于制作过程。

斯蒂薇　啊！然后呢？

马丁　啊？噢，然后我就开车回家了，接着……

斯蒂薇　什么！你没有顺路去看你的小女友？耳鬓厮磨一番？

马丁　她在乡下。求你了，斯蒂薇……别这样！

斯蒂薇　（故作惊讶）她在乡下！

马丁　我让她待在那儿。

斯蒂薇　哪儿？！

马丁　求你了！别这样！

斯蒂薇　马丁，你有没有想过有一天当你逍遥得意完回到家中，走进自家客厅时会发现你的生活已经离你而去了？

马丁　没怎么想过，没有。（目光下垂）

斯蒂薇　我觉得我们最好谈谈这件事。假如我要杀你，我得知道到底是为什么——所有细节。

马丁　（羞怯）你真的想？

斯蒂薇　什么？杀你吗？

马丁　不是，了解来龙去脉。

斯蒂薇　（大声）不！我不想！（恢复常态）我想要这一整天的时间倒回——从头来过。我想要倒带：倒回看见比利放在门厅桌上的邮件之前，然后我没有看见因为我还没有开门——还没有买鱼因为我还没有买手套因为我还没有离开家因为我还没有起床因为我还没有醒来！（声音放轻）可是……鉴于我无法让时间倒回……对，我想知道。我现在感到天旋地转。（恳求）说服我不要相信！求你了，说服我不要相信。

马丁　（停顿）你为什么不哭出来？

斯蒂薇　因为这事太严肃了。顺便问一句，山羊会哭吗？

马丁　我……我不知道。我没有……

斯蒂薇　……没有让她哭过？！你是怎么了？！

马丁　（央求）斯蒂薇……

斯蒂薇　（像是对另一个人）他都没法儿让一头山羊哭。他还有什么用？我们说话这会儿他儿子可能就在哭。你刚才对他说的话相当过分，马丁，相当过分。他儿子可能正躺在床上泪如雨下；他妻子也会哭，（语气加重）只是她现在不得不坚强起来。而你却没法儿让一头山羊哭？！天啊！

马丁　（固执己见）我没说我办不到，我说的是我没有那么干过。

斯蒂薇　噢，那这世上的山羊想必很幸福了。噢，你个小山羊！

马丁　（作势离开）我谈不下去了。你这样我没法儿听你说……

斯蒂薇　（拦住他）你给我待好了！你要谈下去，和我谈，就现在！

马丁　（退后，叹气）要我从哪儿谈起？

斯蒂薇　（威胁）从头开始！（又想起）说起来，你为什么叫她西尔维娅？她身上挂着名牌还是什么的吗？上面是不是还写着：

西尔维娅是谁，
她貌美如花
我们山羊个个赞美她……

马丁　（试图保持理智）没有，就是感觉很合适。顺便说一句，文采不错。

斯蒂薇　谢谢。当你看见这个……东西……这头山羊，你对自己说：“这是西尔维娅。”还是你对它说：“你好，西尔维娅。”你怎么知道它是女的——是雌性？因为那些耷拉在羊粪里的乳头？还是说，这已经不是你第一次了？！

马丁　（声音很轻）她是我的第一次，她是我的唯一。但你不明白。你……

斯蒂薇　（轻蔑）呕吐，我尽量控制自己不吐出来。

马丁　好吧，如果你觉得这样……

斯蒂薇　不！！告诉我。

马丁　（叹气）好吧。就像我跟罗斯说的……

斯蒂薇　（恶俗模仿）"就像我跟罗斯说的……"不！别给我"就像我跟罗斯说的"。跟我说！你跟我说！

马丁　（恼怒）不管怎么样……

斯蒂薇　别给我"不管怎么样"！不！就是眼下这样！

马丁　（不肯改口）就像我跟罗斯说的……

斯蒂薇　（不情愿地默许）那好吧，就像你跟罗斯说的。

马丁　谢谢。就像我跟罗斯说的，我去了乡下……去物色我们理想中的房产，我们的……乡间居所。

斯蒂薇　（如实）你经常出门。

马丁　好吧，如果你想要的是世外桃源……（耸肩）

斯蒂薇　当然。

马丁　……除非你是那种能够一眼见分晓的人："就是它了；就是这个地方。"除非你是那种人，不然你就只能找；四处寻找。距离要够近，为满足我们的田园需求提供方便。路程大致不超过一个小时……

斯蒂薇　（嗤笑）我们的“田园需求”？

马丁　这是你说的。绿色生活：鲜花绿叶代替钢筋水泥。好吗？

斯蒂薇　（耸肩）好吧。（愤怒）那样很美好。现在给我说山羊！

马丁　我就要说到了。我就要说到她了。

斯蒂薇　别再管那东西叫她了！

马丁　（辩白）那就是她！它是女的！她是女的！

斯蒂薇　（无力嘲讽）那我还应该感恩戴德幸好它不是雄性，不是一头雄性山羊。

马丁　恰巧你问起了——就像大家常说的。我去了一个地方……

斯蒂薇　哦？

马丁　对，当我意识到这样不对的时候。我是说，当我意识到别人会觉得这样不对，觉得我的行为不是……

斯蒂薇　（冷静）我真的要杀了你。

马丁　（沉浸在自己的思绪中）是的，估计会的。那里是一个心理治疗的场所，人们去那里……谈论，谈论他们做的事……和跟谁做。

斯蒂薇　什么！不是谁！什么！跟什么！

马丁　（厉声）不重要！那么个地方！拜托你！让我说完！（斯蒂薇不再出声）可以谈论这件事的地方；就像互

助会，就像匿名酗酒者互助会。

斯蒂薇　（讥讽）匿名 × 山羊互助会?

马丁　（异常惊讶）拜托！（斯蒂薇呵斥。声音放轻）求你了？

斯蒂薇　对不起。放马过来吧。

马丁　那儿没有什么好玩的名字，不叫互助会，不叫……不叫任何名字。就是……一个地方。

斯蒂薇　你怎么找到那儿的?

马丁　在网上。

斯蒂薇　（语调毫无起伏）还用说吗。

马丁　我去了那儿……那儿有——多少人来着？——我们有十个人……当然还有一个小组长。

斯蒂薇　他 × 什么？ × 谁，对不起。

马丁　他说他已经矫正了——用词很奇怪。已经戒掉了。

斯蒂薇　（十分镇静）很好。他之前 × 的是什么?

马丁　（如实陈述）一头猪。一头小猪。

（斯蒂薇起身，抄起一只大瓷盘，摔个粉碎，坐回原位，诸如此类的动作）

斯蒂薇　（毫无感情）接着说。

马丁　（示意）这样的事接下来还会发生很多次吗?

斯蒂薇　估计会。

马丁　你不想惊动比利下来吧，有些事情……

斯蒂薇　（怒气冲冲）有些事情是……什么？！不可告人？不

可侵犯？丈夫跟妻子讲起一段不同寻常的心理疗程？一头猪？

马丁　（略尴尬）他说是一头小猪。

斯蒂薇　上帝啊！

（比利从门厅冲进来）

比利　你们俩没事吧？

马丁　是的——我们——没事——别——过来——比利。

比利　谁在摔东西？

斯蒂薇　是我，你妈妈在摔东西。

比利　你还会再摔吗？

斯蒂薇　我想是的。

比利　（拿过一只小花瓶）这个是我送给你的，我拿到楼上去了。

斯蒂薇　（当比利转身要走时）我会注意的，比利。

比利　（摇头）当然了。你们俩别闹得太凶。（下场）

斯蒂薇　（望着他离去的背影）我会注意的。（不确定）我想我会的。

马丁　（停顿）那好，总之，就是这么个地方。

斯蒂薇　（将注意力拉回原先的话题）一头猪？真的吗？

马丁　噢，每个人都有过……你知道的……

斯蒂薇　……什么人，或者什么东西。

马丁　对。

斯蒂薇　（灵光一闪）克拉丽莎·阿瑟顿也在那儿吗？

马丁　谁？对！我是在那儿拿到的名片，然后……

斯蒂薇　**她**×什么？×**谁**？

马丁　（如实陈述）我想是一条狗。

（斯蒂薇抄起一只花瓶摔在地上）

斯蒂薇　你**想**是一条狗。

马丁　她干吗要说谎？那儿的人干吗要说谎？

斯蒂薇　**我**要知道就见鬼了。

马丁　（叹气）就这样我去了那儿，然后……

斯蒂薇　（外表温文有礼内心实则波涛汹涌）你们都带了你们的……朋友一起去的吗？——你们的猪，你们的狗，你们的山羊，你们的……

马丁　没有。我们去那儿不是为了谈论**他们**；我们去那儿是谈论我们自身，大家口中的，我们的……我们的问题。

斯蒂薇　你的意思是那些牲畜都乐此不疲。

马丁　也不是，有那么一只……鹅，我想应该是……（斯蒂薇抄起一只花瓶摔在地上）我们去外面好吗？

斯蒂薇　（双手叉腰）说**下去**。

马丁　（十分镇定）好的，有那么一只鹅……

斯蒂薇　**不是**鹅！**不是**猪！**不是**狗！**山羊**！现在说的是**山羊**！

马丁　我是在说**一头**山羊，我是在说西尔维娅。（他发现斯蒂薇正在找东西摔）不！别摔了，求求你！听我说！

坐下来听我说！

斯蒂薇 （双手拿着一只小碗，坐下）好。我在听。

马丁 我说了，去那儿的人大多数都问题缠身，都……感到羞愧，或者说——那个词是什么来着？——内心矛盾……都……需要找人倾诉，而……而我去那里是想知道那些人为什么要去那里。

斯蒂薇 （仿佛在听一门陌生的语言）你说什么？

马丁 我不理解他们为什么要去那儿——为什么他们都那么……愁苦不堪，为什么不行……不能……像那样……陷入爱河。（斯蒂薇轻轻地松开手，任由碗从她两腿间落下，摔碎）我有很多话要解释。

斯蒂薇 （轻柔的语气中带着深深的嘲讽）哦？

马丁 （起身，稍稍退开）你必须答应我不要激动。就坐在那儿听我说，等我说完以后你……你先听我说，求你了。

斯蒂薇 （悲哀地微笑）不然我还能怎么样？

马丁 我去了那儿……因为我没法儿对你坦言相告。

斯蒂薇 哦？

马丁 是啊……你想想。

斯蒂薇 （思考）我想你是对的。

马丁 他们大多数人都有这个问题，有了很长一段时间。和猪的那个男人从小在农场长大，他和他几个兄弟，小的时候，就……干过……自然而然地；他们干的那些事……同猪一起。（皱眉）也可能是小猪仔，具体不太清楚。

斯蒂薇　自然而然，当然了。

马丁　你也这么觉得？

斯蒂薇　没有。接着说下去。

马丁　他们干的那些事。也许总好过……

斯蒂薇　……好过他们互相干，或者和他们的姐妹干，和他们的祖母干？你开什么玩笑！

马丁　没有伤害任何人。

斯蒂薇　呵！！

马丁　我们晚点再谈这个。

斯蒂薇　那还用说！

马丁　（叹气）大多数人都是事出有因，和猪的那个男人更多的是……我觉得是单纯养成了习惯……那份安慰，那份熟悉。

斯蒂薇　（翻白眼）上帝啊！

马丁　虽然他已经戒掉了……“矫正了”，用他的话说，但我感觉很奇怪。

斯蒂薇　当然了。

马丁　我是说……如果他感到很快乐……

（斯蒂薇推倒身旁的小边桌，眼睛死死地盯着马丁）

斯蒂薇　（讽刺）哎呀！

马丁　我指他干那事儿的时候。你非得这样吗？虽然我觉得他已经……不再快乐了。

斯蒂薇　（假装惊讶）你的意思是你没**问**过他？

马丁　没有；不，我没有。和德国牧羊犬的那位女士……

斯蒂薇　克拉丽莎？

马丁　不是，另外一个。和德国牧羊犬的那位女士，我们后来知道她十二岁的时候被她的爸爸**和**哥哥强暴了，之后……不断地被强暴，一个干的时候另一个在旁边看着，这是她告诉我们的……

斯蒂薇　……所以她就跟一条**狗**搞上了？！

马丁　（不置可否）是的，似乎是这样。和鹅的那个男人……丑得吓人——我简直无法直视他——我想他是觉得他永远没法儿……**你**懂的。

斯蒂薇　（冷漠）我懂吗？

马丁　试着想象一下。

斯蒂薇　（镇定，悲哀）我想我做不到。

马丁　**试想**一下：长得奇丑无比，根本不会有女人——也不会有男人——会**想**要……跟你“干那事”——**永远**不会。

斯蒂薇　一鸟在手之类云云。但是……一只鹅？！

马丁　（悲哀地微笑）不是所有人都能满足于……一鸟在手。

不重要。我在那儿很难过，因为他们一点儿都不快乐。

斯蒂薇　　我的天啊。

马丁　　我不知道是为什么。

斯蒂薇　　（思考）真的吗？我觉得我们已经顿悟我为什么要杀你了。

马丁　　（继续）还有一些事情我希望你了解。

斯蒂薇　　（讽刺）哦？还有？

马丁　　这事我跟罗斯说过。

斯蒂薇　　别再提他。

马丁　　他是我最要好的朋友。

斯蒂薇　　（女演员似的）哦？我还以为我才是呢！

马丁　　（不受影响，镇定）我告诉他在我们共同度过的岁月里——我和你——在我们的整段婚姻中——我从来没有过不忠的行为。

斯蒂薇　　（小停顿，假装惊讶）呵！！

马丁　　（继续）在我们相处的这些年里从来没有过。噢，很久之前，在一个派对上你的一个朋友在厨房里想摸我，还有……

斯蒂薇　　我很爱我的朋友，她们很有品味。

马丁　　从来没有过不忠，一次也没有。我甚至从来没有过那个念头。你和我，我们在一起那么般配。

斯蒂薇　　天造地设的一对儿，嗯？

马丁　（真诚）对！

斯蒂薇　你绝对想不到婚姻还能这样完满。

马丁　是的！我是说不对，我没有想不到。

斯蒂薇　（做广告）一流的性爱，优质的厨艺，甚至还会擦窗户。

马丁　严肃点！

斯蒂薇　不！现在就很严肃了。

马丁　一次也没有！大家看我这样就说，“你怎么回事？！”“你就没有一点儿……性欲？”我说，“当然有，我性欲很旺盛。只对斯蒂薇。”

斯蒂薇　（摇头，唱歌）啦——嘀——哒，啦——嘀——他妈——哒！

马丁　（发怒）听我说！

斯蒂薇　（军事操练似的）是，长官！（声音放轻）是，长官。

马丁　我认识的男人都有“婚外情”……跟别的女人在一起，拿来作笑谈——在俱乐部里或是在火车上。我感觉……噢，我感觉自己像是个异类。“你怎么回事，马丁？！你的意思是你只跟你老婆做？！你这是什么男人？！”

斯蒂薇　你们男人在一起肯定很开心。

马丁　除我在外。我只想要你。

斯蒂薇　（停顿，轻声）我也有事情要告诉你。

马丁　（恐惧地预感）噢，不！别告诉我你跟……

斯蒂薇　（举起双手，摇头）安静。在我们的整段婚姻中除了你我从来没有对任何人产生过欲望。

马丁　（十分悲伤）噢，斯蒂薇。

斯蒂薇　我妈妈跟我说过——我们以前真是很要好的朋友，我很遗憾你没能结识她。

马丁　我也是。

斯蒂薇　老天做证，我们像姐妹一样无话不谈；我们彻夜促膝，像两个女孩闺中密谈；我们是要好的朋友，但她也懂得怎么当好一个家长，在她觉得必要时，在她想要让我……信服时。她对我说——这话我从来没有跟你说过——“一定要嫁一个你爱的人——全心全意深爱的人——但要留心你爱上的人，因为你可能会嫁给他。”（马丁轻笑起来，笑声中带着悲伤）“我和你爸爸拥有一段世界上最幸福的婚姻，”这话她对我说了一遍又一遍，“你也一定要这样。”

马丁　斯蒂薇，我……

斯蒂薇　“要留心你嫁的人。”她对我说。我照做了。我爱上了你？不……我一不小心爱上了你然后这么多年来一直——怎么说——珍爱着？你，替你所做的一切感到骄傲，满足于我们……与众不同的儿子，一直……呃，很快乐。我猜应该是用这个词。不，我不用猜；

我知道。（哭起来）我一直很快乐。（继续哭）看看我，妈妈；我嫁了一个我爱的男人，（继续哭）我一直过得……那么……快乐。

马丁　（走向她，触碰她）噢，斯蒂薇……

斯蒂薇　（将咖啡桌上的东西一扫而光。大声地）别拿你 × 山羊的手碰我！（退到墙边，双臂张开，声泪俱下）

马丁　（仿佛碰到滚烫的火炉似的）好的！不说了！

斯蒂薇　不！说！说完！都吐出来！在我身上吐个干净。我早就准备好了。所以……来吧！来吧！我把自己全部铺展在你面前，我一丝不挂地躺在桌上，拿起你的刀！剁了我！给我留下永远无法消除的疤痕！

马丁　（思考片刻）在我吐你身上之前还是之后？（举起双手以示让步。轻声地）对不起，对不起。

斯蒂薇　（声音颤抖）女人在悲伤过度时经常会乱打比喻。

马丁　（抚慰）对，对。

斯蒂薇　说下去！（又想起）顺便说一句，接得很好。

马丁　（悲哀）谢谢。

斯蒂薇　……并且不合时宜到无可救药。

马丁　是的，对不起。

斯蒂薇　（随手推倒一把椅子）我叫你说下去。

马丁　家里的家具你都要这样弄吗？

斯蒂薇　（环顾）我想是的。你也许还可以给我搭把手。

马丁　休战！休战！

斯蒂薇　（抄起一幅画，砸在什么东西上将它摔破）不！没有休战！全都说出来！快说！

马丁　那是我妈妈的画。

斯蒂薇　现在也还是！（引出话题）你给咱们找到了一处可爱的乡间居所。

马丁　（做好准备）我找到那儿的那天——我给你打了电话。你应该还记得，我跟你说我把那儿预定下来了。

斯蒂薇　我永远也忘不了。

马丁　之后我开车离开小镇，回到高速公路上，在一座小山头停了下来……

斯蒂薇　山顶。

马丁　什么？！你是谁啊？！

斯蒂薇　你在一个小山顶停了下来——实际上应该说“在小山顶上”。

马丁　对。我停了下来，那景色……很美。并不算壮观，但是很美——秋色，树叶渐渐变色……

斯蒂薇　（盯着他）常见的乡村景物。

马丁　对，常见的乡村景物。我停车下来帮家里采购——蔬菜和其他东西。你应该还记得。

斯蒂薇　（否认）不，我不记得了。

马丁　（领会，继续）不重要了。就在那时我看到了她。

斯蒂薇　　（荒诞的不解）**谁**？！

马丁　　（悲哀至深）噢，斯蒂薇……

斯蒂薇　　（极尽嘲讽）**谁**？！你看到的会是**谁**呢？！

马丁　　（不屈不挠）我会继续说下去。是你要我说的。我会一五一十地全都说出来。

斯蒂薇　　（死死地盯着他）是**我**自找的咯。

马丁　　我把买的东西放好，关上车后备箱门——（停顿）……就在那时我看到了她。她正看着我……用她那双眼睛。

斯蒂薇　　（盯着他）噢，那双眼睛！（又想起）**那对**眼睛！

马丁　　（缓慢，不慌不忙）我感受到一种……过去从未有过的感觉。那感觉那么的……神奇。她就在那儿。

斯蒂薇　　（荒诞的兴奋）谁？！谁？！

马丁　　别这样。她用她那双眼睛看着我……我觉得那一刻我融化了。这就是我当时的反应：我融化了。

斯蒂薇　　（狰狞的兴奋）你融化了！！

马丁　　（挥手驱开她）我从没见过那样的神情。那么纯洁……那么单纯，那么……那么天真，那么……那么淳朴。

斯蒂薇　　（轻蔑地附和）淳朴，天真，纯洁。你是从来没见过小孩还是怎么的？比利小时候的样子你没见过？

马丁　　（恳求）我当然见过。别**嘲讽**我。

斯蒂薇　　（厉声一笑）别嘲讽**我**。

马丁　我……朝她走过去——走到她的栅栏前，跪下来，和她视线持平……

斯蒂薇　（轻声地，带着厌恶）和山羊持平。

马丁　（生气，教诲）让我把话说完！你要我说，我就说给你听！所以……闭上你那张可悲的嘴！（斯蒂薇猛地倒吸一口气，用手捂住嘴）好。听我说。那种感觉就好像从哪儿冒出一个外星人，然后……把我带走了，带往一个如梦如幻的纯净之地，那是一种……爱……（不由分说）难——以——想——象的爱，与任何事物都毫不相干，任何事物都无法与之相关！你不明白吗？！你不明白……你不明白发生在我身上的“情况”吗？谁都不明白？为什么我无法感受到我应有的情感？！因为它跟任何事物都不相关吗？这不应该发生！它发生了但它不应该发生！（斯蒂薇摇头）你在干吗？

斯蒂薇　（移开手）表现可悲。精神病医生肯定会很想听听这些。

马丁　我跪下来，和她视线持平，那一刻有一种……一种什么？！……一种默契，那么的强烈，那么的自然……

斯蒂薇　你还是能记住一些事情的，嗯？

马丁　（闭上眼，再睁开）……一种默契，那么的……

斯蒂薇　（尖锐刺耳的嗓音）我想不起来为什么要进屋，想不起来剃须刀的那个放哪儿……

马丁　（拒绝被卷入）……一种默契，那么的自然，那么的强烈，让我永生难忘，就跟我们终于同时达到高潮那一晚一样激烈。那是什么时候……我们开始之后过了一个月？（她在哪儿，情绪激动）斯蒂薇？本来不可能发生……但它就是发生了！

斯蒂薇　（摇头，不带感情得令人感到反常）你是有多恨我？

马丁　（绝望）我爱你。（停顿）我也爱她。（停顿）就是这样。

（斯蒂薇怒吼三声，缓慢而从容；带着愤怒与创伤）

斯蒂薇　（然后，镇定）继续。

马丁　（愧疚）我不得不这么做。

斯蒂薇　什么？（马丁点头）是啊。

马丁　（又开始说）那一刻产生了一种联系——一种交流——那种……说“顿悟”应该是最贴切的，我很清楚接下来会发生什么。

斯蒂薇　（事实上略微产生兴趣）我觉得我要吐了。

马丁　求你不要。（回到话题）顿悟！一旦发生就没有退路，不能后悔了。我把双手伸进栅栏的铁丝网里，她朝我走过来，脸凑到我两手之间，鼻子凑过来隔着铁丝网和我的鼻子……磨蹭。

斯蒂薇　我是一个成熟女性，一个已婚的成熟女性。（仿佛她从来没听过这个词）磨蹭，磨蹭。

马丁　她的气息……她的气息是……那么甜美，那么温暖，

那么……（听见声响，打住）

斯蒂薇　继续。告诉这个已婚的成熟女性……

马丁　（举起一只手示警）我听见比利的声音了。

（比利上场）

比利　你在打她吗？！（看见一片狼藉）搞什么鬼？！

斯蒂薇　我们在重新布置，亲爱的。顺便说一句，没有，他没有——打我。我在打我自己。

比利　（几近泪崩）我听得见你们！我在上面听得见你们！打住吧！上帝啊，打住吧！

马丁　（轻声）我们会的，比利；我们还没谈完。

斯蒂薇　到别处去，比利。到外面去玩。

比利　到外面去？

斯蒂薇　（语气加重）到外面去！别打扰我们！

比利　可是……

马丁　（镇定）照你妈妈说的做。“到外面去玩。”玩泥巴，爬树……

比利　（指着马丁的鼻子）要是我回来发现你伤了她，我就……我就……（比利扑向马丁，推了他一把，退开。马丁走上前，站住。比利哭泣，跑出房间。可以听见大门被重重地关上）

斯蒂薇　（随后）玩泥巴？

马丁　噢……随便吧。

斯蒂薇　（镇定）如果他回来发现你伤了我的话你会怎么做？……等他回来发现你伤了我的时候？

马丁　（沉浸在某种思绪中）什么？

斯蒂薇　（微笑）从树上下来，满手是泥？（悲伤）没什么。（冷漠）你刚刚说到你的顿悟。

马丁　（叹气）对。

斯蒂薇　（悲伤）上帝啊，我真希望你是傻瓜。

马丁　（他也是）是啊，我也希望你是傻瓜。

斯蒂薇　（停顿，认真地）顿悟！

马丁　对。就在那刻我意识到……

斯蒂薇　……你和那头该死的山羊是命中注定的一对儿！

马丁　……我和她……（轻声地，窘迫地）我和她要一起上床了。

斯蒂薇　一起上羊圈！上干草堆！不是上床！

马丁　（坐下）随便吧。不能发生的事就要发生了。我们渴望着彼此，我必须占有她，我……（斯蒂薇尖叫——从喉咙深处发出怒吼——扑向马丁。他起身，抓住她的双腕，把她按在椅子上。她试图起身，他又把她按回去）别闹了！让我说完！

斯蒂薇　你接下来就该 × 比利了。

马丁　（冷冰冰）他不是我喜欢的类型。

斯蒂薇　（再次起身。盛怒）他不是你喜欢的类型？！他不是你喜欢的类型？！

马丁　不，他不是。（她作势要打他）你是我喜欢的类型。（她惊愕得僵住不动，可以看出她脑中一片混乱）你是我喜欢的类型。

斯蒂薇　（站在原地，生硬）谢谢！

马丁　不客气。（做手势）噢，斯蒂薇，我……

斯蒂薇　我是你喜欢的类型，她也是；那头山羊也是。（语气加重）只要是雌的都行，嗯？

马丁　（大声）是灵魂！你不知道这两者的区别吗？！是灵魂！

斯蒂薇　（片刻过后，又落泪）你没法儿跟灵魂做。

马丁　对，但重点不在于做。

斯蒂薇　就是！！

马丁　（尽可能温柔）不；不是，斯蒂薇，不是的。

斯蒂薇　（停顿；然后，更为确定）就是！重点就是在于做！在于你沦为了一头动物！

马丁　（思考片刻，轻声）我以为我是。

斯蒂薇　（轻蔑）呵！

马丁　我以为我是，我以为我们都是……动物。

斯蒂薇　（冷中有怒）我们只跟同类在一起！

马丁　（轻声，理性）噢，我们会爱上许多其他生物……猫猫狗狗，还有……

斯蒂薇　我们不会 × 它们！你是禽兽！

马丁　（解释）我是一个内心极度苦恼、极度分裂的……

斯蒂薇　（毫不怜悯）变态狂！

马丁　我和西尔维娅……

斯蒂薇　（恶狠狠）你想说她想要你。

马丁　（直截了当）是的。

斯蒂薇　她怎么表现的——背对着你发出不堪的咩咩声？

马丁　那是绵羊。

斯蒂薇　管它是什么！！对你搔首弄姿？她的前腿跪下，她的头转过来，她的眼睛注视着你，她的……

马丁　别说了！我不会跟你说细节的！

斯蒂薇　（轻蔑）谢谢！你欺占了这个……生物？！你……强暴了这个……动物然后说服自己说这是出于爱情？！

马丁　（无助）我爱她……她也爱我，而且……

斯蒂薇　（发出野兽般的巨响：怒吼；将书架上的东西一扫而光，又或是掀翻某件家具。沉默，然后开始默默地重新摆好）现在，你听我说。我已经听你说过了。我已经听过你说你有多爱我，说你从来没有对别的女人产生过欲望，说我们的婚姻一直以来多么美满、多么难能可贵。我俩都是明白人，这些屁话大部分糊弄不住我们。我们能看出深藏在大多数人想法里的黑色幽默，看出大多数人习以为常的事物错得多么离谱，我们经历过种种这些快乐与伤痛。我们的人生是一条直线，一路通向死亡，不过没关系，因为这是一条良好的线……只要我们不出差错。

马丁　我懂，我懂。

斯蒂薇　（别打断我！）闭嘴，只要我们不搞砸。（指着他）然后你就搞砸了！

马丁　斯蒂薇，我……

斯蒂薇　我叫你闭嘴。你知道你是怎么弄的吗？你是怎么搞砸的？

马丁　（喃喃）因为有一天我在蔬菜摊边，朝我的右边看了一眼，看见了……

斯蒂薇　（严厉而缓慢）因为你破坏了一样无法被修复的东西！

马丁　斯蒂薇……

斯蒂薇　不再爱我了？可以！不，不可以，但这还可以修复……靠时间……或是其他什么！可是对我说你爱我和一个动物——爱我们两个！——平等地？同样地？你爬下我的床——我们的床……（岔开话题似的）想来也是令人惊奇，我们的感情一直这么好，每一次为彼此和自己带去的愉悦是那么……充实，那么……新鲜……（题外话结束）……你爬下我们的床，坐上车去找她，然后和她干我连想都不敢想的事？或者——更甚！……你从她那儿过来，爬上我的床？！爬上我们的床？！……然后和我干我可以想象……喜欢……想要你干的事？！

马丁　（悲伤至深）噢，斯蒂薇……

斯蒂薇　（没有在听）你能干这两件事……却不明白它是怎样……铸成破镜难圆的大错？？！！怎样的不可收拾——无论是悬崖勒马还是宽恕原谅都无济于事？不明白我被毁到怎样的地步？你又到怎样的地步？我是怎样的不愿承认即使我明明知道？！我是怎样的无法否认因为我不愿承认？！不愿承认因为这已经超出了可以被否认的范围？！

马丁　斯蒂薇，我……我向你保证，我会悬崖勒马；我会……

斯蒂薇　对于已经发生的事，悬崖勒马是怎样的无济于事？！这一切是怎样的毫无价值毫无意义？！（泪水——如果还有的话——止住）你把我给毁了，你这个 × 山羊的；你这个我一生挚爱的男人！你把我彻底毁了！（指着他控诉）你把我毁了，上帝啊！我要让你跟我一起毁掉！

（稍作停顿，她快步转身下场。可以听见大门被重重地关上）

马丁　（在她下场后，在他听见关门声后，小男孩似的）斯蒂薇？（停顿）斯蒂薇？

第二场完

第三场

大约一个小时后。马丁坐在一片狼藉中，也许正在查看某样摔碎的东西。房间维持第二场结束时的模样。可以听见大门被重重地关上；比利上场；马丁起身，站在房间中央。

比利　（环顾四周）哇哦！

马丁　（意识到比利进来了）是啊，哇哦。

比利　（看似随意地）你们俩真的是把话说开了，呵。

马丁　（低声，几乎要笑出声）噢，是的。

比利　她在哪儿？

马丁　嗯？谁？

比利　（不友好，刻意一字一句地说）我妈妈。我妈妈在哪儿？

马丁　（嘲讽）“我妈妈”在哪儿？不是“妈妈——妈妈在哪儿？”不是，而是……“我妈妈在哪儿？”

比利　（怒气油然而生）这不重要！她在哪儿？我妈妈在哪儿？

马丁　（伸出双手，无助）我……我……

比利　（愈发生气）她在哪儿？！你干了什么……你把她杀了？

马丁　（轻声）是的，我想是的。

比利　（手里刚捡起的东西掉落在地。）什么？！！

马丁　（伸出一只手制止。轻声地）行了。没有。不，我没杀她——当然没有——但我觉得我等于是杀了她。我觉得我们彼此都把对方杀了。

比利　（逼问）她在哪儿？！

马丁　（直白）我不知道。

比利　什么叫你不……

马丁　（大声）她走了！

比利　什么叫她走了？她去哪儿……

马丁　（暴躁）别再问我“什么叫”“什么叫”！（声音放轻）她说了想说的话，说完了……她就走了。她把门一摔就走了。我觉得她是开车去了什么地方。

比利　对，旅行车不见了。（语气加重）她在哪儿？！

马丁　（大声）她走了！我不知道她在哪儿！这是国语！“她走了。”这是国语。不，我没有杀她，对，我觉得我杀了她，我觉得我们彼此都把对方杀了。这也是国语：你学的一门课！

比利　（气得快哭了？很可能）我知道你是谁。我知道你是我爸爸。我知道你是谁，我也知道你应该是什么样的人，但是……

马丁　你也是？

比利　啊？

马丁　你已经不知道我是谁了。

比利　（毫无起伏）对。

马丁　是啊……你妈妈也不知道。

比利　（想要解释但依旧一肚子火）父母免不了吵架，我明白，所有孩子都明白。生活中有好时光也有坏时光，有时候还会把你脚下的毛毯抽走，而且……

马丁　（忍不住开口）你把比喻搞错了。

比利　（愤怒）什么？！

马丁　没什么，现在还是不提的好。你刚才说到……“有好时光也有坏时光”？

比利　对。（转口讽刺）谢谢。

马丁　（态度不明）不客气。

比利　但有时候会把你脚下的什么东西抽走。

马丁　地毯，应该是。

比利　对！闭嘴吧！（马丁张嘴，又闭上。唾了一口）语义学家！

马丁　非常好！你从哪儿知道这个词的？

比利　我上的是名校。你忘了？

马丁　对，不过……

比利　我叫你闭嘴！

马丁　（平息）好。

比利　有好时光也有坏时光。有时候我们是那样的……沉浸在满足和幸福之中，以至于我们觉得自己可能会沉溺其中，但我们毫不介意。还有一些时候——并不经常。有时候我们不知道到底出了什么事——我们面对的、我们自身的、我们周围的——而大多数时候都是这样。我说的是我们这群所谓的青少年。

马丁　　我知道。

比利　　然后还有一些时候我们希望自己已经长大成人……能够走出家门去别的地方重新开始——把过去全都抹消。

马丁　　（轻声）还有这次的事？

比利　　（厉声）你猜呢，混蛋！！（大声）你对我妈妈做了什么？？！！

马丁　　（镇定）我们结束了谈话（示意一片狼藉的房间）——看见我们怎么谈的了？——我们结束了谈话，她最后说了一句……什么，然后她就走了。她从大门走出去，砰的关上了门。

比利　　多久了？

马丁　　（耸肩）一个小时，可能更久，也许是两个小时。我现在时间之类的概念很差。

比利　　两个小时？那你还不……

马丁　　（有点自顾自发火）什么？！报警吗？（拙劣地模仿悲痛语气）“噢，警官，帮帮我！我妻子刚刚发现我一直在跟牲口干那事儿，就跑了出去，你能帮我找到她吗？”什么？！追出去跟着她？！她是个成年人，她可能是去做头发了也说不定。

比利　（不屈不挠）她跟你说了什么？

马丁　（苦笑）噢……说了好多。

比利　（声音提高）在她走之前！在她走之前她跟你说了什么？！

马丁　类似于……把我毁掉——之类的。

比利　具体点。

马丁　很难说具体。要知道我们当时都无暇顾及，而且……

比利　（大声）她到底说了什么，快说！

马丁　（清嗓子）“你把我毁了……我要让你跟我一起毁掉。”

比利　（不解，试图理解）那是什么意思？

马丁　（几近温柔）从来没有人打垮过你？对，我想也没有——目前还没有。意思是……（讲不出）就是字面意思：你对我造成了不可挽回的伤害……你休想轻易了事。

（比利呆站了一会儿然后不禁抽泣了几下，打住）

比利　（擦眼泪）我懂了。

马丁　（进一步解释）你毁了我——我就毁了你。

比利　好的，我懂了。（示意满地狼藉）那就没必要收拾这些了。

马丁　（悲哀地笑）看起来相当糟糕，是吧？

比利　还是收拾一下吧。

马丁　为下一轮演出布置舞台？（带着些许自怜和讽刺）呵！还有什么下一轮？！全都被我丢下了，对不对？——所有的一切？所有的希望……所有的……“救赎”？（飞快地念叨）穷途末路坠入低谷与垃圾为伍扔进马桶冲走碾得粉碎一吐为快濒临崩溃不堪重负不断下沉……还有什么？所有的希望，所有的一切？都破灭了？对吗？

比利　（耸肩）或许吧。（比利开始收拾一部分东西，并不多，然后停下）下一步是什么？离婚？

马丁　（直白）我不知道，比利；我不知道我们现在的情况有什么常规可循。

比利　已经超出了常规范围，是吧？

马丁　（些许懊恼）我想是的。

比利　反正我是不知道。我好像从没爱上别人。我是说，至今还没有。噢，也没有过头脑发热的迷恋。

马丁　我只有过两次——你妈妈和……西尔维娅。

比利　你对这个真的是无可自拔，是不是？

马丁　对……？

比利　（轻蔑）这头山羊！这段惊天动地的风流韵事！

马丁　（耸肩）这倒是真的。

比利　　成熟点！

马丁　　啊！就是这样！（比利不由自主地大笑起来。马丁试图扶起一把椅子）帮我一把。（比利帮他）谢谢。

比利　　（耸肩）不客气。（停顿）老师让我们——什么时候来着？上个星期，上个月？——让我们班里的每个人谈谈我们的生活是多么正常，谈……谈生活是多么一成不变，以及我们对此的感受。

马丁　　这叫什么学校？！

比利　　（耸肩）你选的学校，你们两个选的。然后很多人站起来侃侃而谈——就是——我们的家庭生活，还有我们的父母是如何相处的；没什么特别的，除了有些人的父母离异了或者其中一方死了或是疯了之类的。

马丁　　真的？疯了？

比利　　真的。私立名校。个个好学生，多谢了。我是说，全都是你能想到的内容。也许大家把最劲爆的部分给遗漏了，又或者他们根本就不知道。（捡起一块碎片）这个放哪儿？

马丁　　我看只能扔了。

比利　　（端详）真糟糕。（扔下）就是这样，全程相当无聊，都是你能想到的那些。

马丁　　我想你应该还没有站起来发过言吧。

比利　　（态度不明）对。还没有。（稍等片刻）你知道轮到我后蹄前立站起来的时候——我会跟大家说什么吗？

马丁　（神情痛苦）我会**想**知道吗？

比利　当然，你一个大男人怕什么。

马丁　我已经缩水了。

比利　是吗？好吧……不重要。我觉得我会这样跟他们说：我跟两个世上最优秀的人生活在一起；如果我出生在别的人家，不可能过得比现在更好。（马丁重叹一口气，举起一只手表示不同意）不，真的，我真这么觉得。你们两个好得不能再好了。你才智过人、开明公正并且风趣幽默——你们俩都是——还有……还有你们是民主党。你们**是**民主党，对吗？

马丁　有时候比**他们**更民主党。

比利　我就是这样想的，你们明白养育一个孩子并**不是**把他变成**你们**的复制品，你们的表现让我觉得你们对于我是同性恋这件事的容忍度可能远远超过了你们的真实想法。

马丁　噢，听着……

比利　对此，我要谢谢你们。

马丁　这是最起码的。

比利　（点头）是啊。

马丁　（假装惊讶）你是**同性恋**？！

比利　（微笑）你好烦。总之，你们为我提供的环境好过许许多多孩子，好过许许多多“爸爸妈妈”，更接近一个成年人应有的样子——就我知道的范围而言。教导有方。很幸运可以见证两个人能如此相爱……

马丁　别说了！

比利　至少我是这么觉得的——直到昨天，直到东窗事发！

马丁　比利，求求你别说了。

比利　（*内心痛苦*）……直到东窗事发，我准备好要在学校说的内容变成了历史。（*夸张*）**现在**我要说什么？！我的天啊！“好船棒棒糖”号已经失事沉没。（*稍稍恢复常态*）我要说什么？！噢，我们来看看：昨天我回到家，一切都还很美好——平常至极，所以美好。美好的父母，美好的房子，美好的树木，美好的车子——你懂的：一如既往的“美好”。（*声音提高，更加夸张*）然后今天我回到家**发现**什么？我发现我的好妈妈和我的好爸爸在讨论一封好朋友罗斯寄来的信……

马丁　（*极度愤怒*）该死的罗斯！！

比利　什么？一封好朋友罗斯写给好妈妈的信说好爸爸一直在农场 × **动物**！！

马丁　别……这样。

比利　动物！噢，是某一个动物。一头山羊！一头该死的山羊！瞧见没，大伙儿，你们的故事都很有趣，但我的故事，就像人们常说的，能让你们吃惊得合不拢嘴，能把你们屁股上的刺青都给吓飞。你们瞧，好老妈和好老爸在扮演好父母角色的同时，他们中的一个偷偷地在房子底下、在地下室里挖了一个坑，这么深！这么宽！这么……大！……我们都得栽进去然后（哭起来）然后永远……没……办……法……再……爬……出……来——不管我们有多么渴望，不管我们有多拼命。要知道，伙伴们，同学们，要知道，我爱他们。我爱这个不是在下面挖坑——就是在跟一头山羊苟合的男人！我爱这个男人！我爱他！（扔下手中的东西，走向马丁，伸出双手）我爱他！（双手抱住不知所措的马丁。开始亲吻马丁的双手，然后是脖子，一边痛哭。然后转向——是转向吗？——然后他吻住马丁的嘴——深深的、呜咽的、性感的吻。罗斯上场，站在一旁看着。马丁试图从比利怀中挣脱，但比利呻吟着不肯松手。马丁终于把他推开。比利站在原地，抽泣不止，臂弯间空空如也。他们没看见罗斯）

马丁　　别这样！！

比利　　我爱你！

马丁　　当然了，你……你……

比利　　基佬？你这个基佬？

马丁　　（发怒）我没这么说！！

比利　　（无比悲伤，无比真诚）爸爸！我爱你！抱抱我！求你！

马丁　　（抱住他，轻抚他）嘘，嘘，没事了。

比利　　（终于松开）对不起，我没想……

马丁　　没事，没关系。（伸出双臂）过来，让我抱抱。

（比利再次走向他，片刻无言的拥抱）

罗斯　　不好意思。（他们一惊，彼此分开。比利被什么东西绊了一下）对不起，我没想打断你们之间的……

马丁　　（冷冷地发怒）什么？！看见一个男人和他的儿子接吻？你又可以写一封信了。叛徒！滚出去！

比利　　（对罗斯）不是你想的那样！

马丁　　（冲比利）是！对，就是那样！用不着道歉。（对罗斯）可惜你没带你的摄制组一起来！你和你的儿子就从来没亲吻过？你和——他叫什么来着？——和托德难道不是相亲相爱？

罗斯　　（厉声，轻蔑）但不是这样！

马丁　　（愤怒，鲁莽）这样？！什么样？！（指着比利）这孩子受伤了！我伤害了他，他还依然爱我！你这个混蛋！他爱他爸爸，就算……气氛转而变得——怎样？——变得有些情欲……只是很小一会儿……那又怎么了？！那又怎么了？！他受伤了，他很孤独，关你什么事！

罗斯　　（讽刺）你的情况比我想的更严重。

马丁　　不！我已经疯了！

比利　　（诧异中带着懊恼）没错。刚才气氛确实变了，你不过是又一个……

马丁　没关系的。

比利　……又一个男人。我糊涂了……什么是性，什么是爱；爱一个人和……（对罗斯）我也许真的想和他上床。（悲伤地大笑）我想和所有人上床。

马丁　（安抚他）没关系的。

比利　（依旧对罗斯）可能就除了你。

罗斯　上帝啊！真变态！这是什么……传染病吗？

比利　（不解）什么？是什么？

马丁　（走过去安慰比利）曾经有人跟我说过——一个朋友，我们常去同一家健身房——他说有一天他把孩子抱在膝上——孩子很小还分不清是男孩儿还是女孩儿，还是个婴儿——他把……孩子抱在膝上，孩子冲他傻笑，发出一串咯咯的笑声，他双手环抱着孩子，（示意）抱在膝上，轻轻地左右晃动逗孩子开心，逗孩子笑……然后突然之间他意识到自己硬了。

罗斯　上帝啊！

比利　我的上帝啊……

马丁　……抱在膝上的孩子让他有了反应——不是激起了他的性欲；跟性没关系，但就是起反应了。

罗斯　上帝啊！

马丁　当他意识到眼前发生的事时，他觉得自己快死了；他的脉搏跳得飞快，耳朵里嗡嗡作响——巨响！响彻脑海！他感觉要晕厥了；他心里明白，然后那片刻的感觉消褪了，他明白这不过是一种偶然，没有……任何意义——跟任何事情都没有任何关系。他妻子走进屋，脸上带着微笑，他微笑着把孩子递给她。就这样，事情过去了。（耸肩）这是常有的事。再说了——我已经疯了。你忘了？

罗斯　你这算什么？为自己辩解？！上帝啊。你这个变态狂。

马丁　（轻蔑）你就想不出其他的话了吗？“变态狂”和“上帝啊”？你就只会说这些？

比利　（羞怯）是我吗？爸爸，是我吗？那孩子是我吗？

马丁　（对比利，稍作停顿，轻声）安静。

比利　（几近害怕）是吗？

马丁　（转身对罗斯）那么，你现在又想来干吗，你这个混蛋？！叛徒？！

罗斯　斯蒂薇打电话来——什么时候来着？一个小时前？或者更早？她说你需要我，她叫我过来的。

马丁　我不需要！滚出去！（惊讶）她给你打电话了？

罗斯　对。（摇头）竟然对一个婴儿硬了！还有什么东西是不能让你们这帮人性奋的？！

比利　（又问）爸爸，是吗？

马丁　（显而易见的谎言，轻声）当然不是了，比利。（对罗斯，厉声，眯起眼睛）还有什么东西是不能让“我们这帮人”性奋的？还有什么东西是不能让人性奋的，无论我们愿不愿意承认——无论我们知不知道？还记得被万箭穿心的圣塞巴斯蒂安吗？很可能他当时就高潮了！上帝做证他忠实的信徒确实高潮了！还要我继续说吗？！你还想听听十字架的故事吗？！

比利　（轻声，微笑）是啊，当然不是了……不是我。

罗斯　（摇头，语气悲伤，但撇着嘴）变态，变态，变态。

马丁　（冲罗斯，愈发愤怒）我告诉你什么叫变态！给斯蒂薇写这封该死的信——不管是出于什么理由！！——那才叫变态！我对你敞开心扉，我对你坦言相告，这……这……整件……难以启齿的……事情，因为我觉得自己可能失去了控制；我对你倾诉，我对你坦言因为你是……什么？！……你是我在这世上最要好的朋友？因为我需要找人倾诉，需要一个可靠的人听我说？我告诉了你，然后你转头就……

罗斯　我别无选择！！

马丁　不！你有！你可以选择不说！

罗斯　（武断）我不能让你越走越远！

马丁　（几近泪崩）我本来可以处理好。我本来可以悬崖勒马，而且谁都不会知道。除了你这个混蛋。冷面无情的细作小人。我本来可以……

罗斯　　不！你做不到！

马丁　　我本来可以处理好！现在全都无法挽回了！永远都不可能了！

比利　　（试图帮忙）爸爸……

马丁　　（恶狠狠）你闭嘴！（比利露出受伤的表情。马丁反应过来）噢，上帝啊！对不起。（对罗斯）没错；行了吧，是有过变态，没错，是有过难以自拔，有过……

罗斯　　现在也是！不是有过！现在也是！

马丁　　（怔住）我……我……

罗斯　　现在也是！

马丁　　（回过神）现在也是。好吧。现在也是。是变态，是难以自拔。

罗斯　　（咄咄逼人）而且是大错特错！

马丁　　是……是……什么？

罗斯　　大错特错！罪孽深重、具有毁灭性的错误！

马丁　　随便你怎么说。（怒火中烧）但我本来可以处理好！你大可不必把一切都毁了！大可不必把我们俩都毁了，大可不必把斯蒂薇也毁了！

罗斯　　我？！我把你们毁了？！这不是……贪污公款，亲爱的；不是从可怜的孤儿寡母手中骗钱，不是去找小姐结果染上了性病之类的，知道吗。这不是让你的职业生涯暂时受创的什么小事——千夫所指，公开忏悔，然后又能东山再起。这已经超出了那个范围——远远超出了！你不停手的话总有一天会败露。你会被人看到。不管你把她藏在哪个羊圈，不管你把她藏在哪儿，总有一天会被人突然闯入。你会被人看到，跪在那头畜生的身后，裤子褪到脚脖子。你会被人捉个现行。

比利　别折磨他了。看在上帝的分上，罗斯……

罗斯　（挥手驱开比利，对马丁）你知道这种行为会被判刑吗？知道在有的州你会为此被判死刑吗？你知道那些人会怎么处置你吗？那些媒体？所有的人？全都会完蛋——你的事业，你的生活……所有的一切。（极度冷漠，极度理性）就因为 × 一头山羊。（悲哀地摇头，比利轻轻哭泣。）

马丁　（停顿良久）你想说的就是这个？就是别人会知道？！别人会发现？！我能够为所欲为，这才是最重要的？！就是别人会发现？！也不管……事情的本质？！不管背后的意义？！就是别人会发现？！

罗斯　你的灵魂只能由你自己负责。其余的我可以帮你。

马丁　当然是由我负责，很显然你没有灵魂。

罗斯　（稍起兴趣）哦？

马丁　所以这就是结论了，是吗？……即便如此我们依然可以侥幸脱罪？

罗斯　　当然。

马丁　　（充满讽刺）噢，感谢上帝！这太简单了！我还以为……我还以为肯定跟爱情和失去有关系，结果只要……对付过去就行了。噢，我和斯蒂薇一直搞错了搏斗的对象！等她回来了——如果她还回来的话——我要让她明白什么才是最重要的。（激动，不看罗斯和比利，双手捶打膝盖）就没有人理解这种事吗？！

罗斯　　噢，看在上帝的分上，马丁！

比利　　爸爸……

马丁　　（稍稍落泪）为什么就没有人明白……明白我是多么的孤独……孤身……一人！！

（沉默。然后听见门口有声响）

比利　　妈妈？（比利走进门厅。下场）

马丁　　（停顿，对罗斯，恳求）你是明白的，对吧。

罗斯　　（停顿良久，摇头）不明白。

（斯蒂薇拖着一具山羊的尸体。山羊的喉咙被割开，斯蒂薇的衣服上手臂上都血淋淋的。她停下）

罗斯　　我的上帝啊。

马丁　　你干了什么？！

斯蒂薇　　看。

比利　　（自言自语，抑制不住，轻声乞求）救命啊，救命啊！

罗斯　　我的上帝啊。

（马丁走向斯蒂薇）

马丁　你干了什么？！我的上帝啊，你干了什么？！

（比利哭泣。斯蒂薇凝视马丁片刻，罗斯无法动弹）

斯蒂薇　（转身面对他，语气平静，毫无感情）罗斯告诉我上哪儿能找到……你的朋友。我过去找到了她。我把她杀了。现在带过来给你。（怪异地问道）不要？

马丁　（痛彻心扉地哀嚎）啊啊啊啊啊啊！

斯蒂薇　你干吗这么吃惊？你以为我会干什么？

马丁　（哭喊）她做了什么你要这样？！她到底做了什么？！（对斯蒂薇）我问你：她到底做了什么？！

斯蒂薇　（停顿，轻声）她爱你……你说的。和我一样地爱你。

马丁　（对斯蒂薇，空洞）对不起。（对比利，空洞）对不起。（接着……）对不起。

比利　（对一边，然后对另一边；两边都没有反应）爸爸？妈妈？

（舞台上形成静止的群像。）

完

在家在动物园

At Home at the Zoo

第一幕　家庭生活

彼得　　四十五岁，淡然平和，不胖，相貌平平但温文尔雅。外表整洁，处事谨慎。阅读时戴眼镜。

安　　三十八岁，彼得的妻子。个儿高，有些消瘦；外表温婉和善，平平凡凡。

时间　　周日下午一点。

场景　　彼得夫妇位于纽约东区七十几街的家，客厅。舒适，可能带一点丹麦现代风格。舞台右侧出入口通往公寓其他部分，左侧通往厨房。

彼得一个人在看书，可能是本教科书。他看得十分投入，翻过一页，眉头一皱，又翻回去，重读某段内容，然后又继续往后翻。如此反复。安从通往厨房的通道上场，手里拿着一块毛巾。不紧不慢，看不出是要去做什么。她走到彼得身后——没靠得太近。他没有注意到她。

安　我们应该谈谈。（等待，没有得到回应，转身，从原路下场）

彼得　（在她下场之后，意识到自己刚才听到了她说话）什么？我们应该——什么？（提高音量）我们应该什么？！

安　（场下）什么？（再次上场）我们应该什么？

彼得　我们应该什么？

安　噢。（稍作停顿）我们应该谈谈。（用毛巾擦手）

彼得　（示意书）我刚在看书，对不起。

安　（困惑地）你一直都这样。

彼得　（有些防御性地）对不起。

安　不，我不是那个意思。

彼得　（不解地）什么？

安　你看得那么……你那么全神贯注——看书——整天都是。

彼得　（微笑）“高度专注”。高度专注。工作。

安　（回忆）有一次我跟你说了……大概有好几分钟……说——什么来着？——好像是壁炉，你一个字也没听见。你在看书。

彼得　（有点不高兴）耳朵闭上了。（小停顿）壁炉？真的吗？

安　　柴架。

彼得　　怎么了吗？它们——柴架怎么了？

安　　（耸肩，依旧站着）也没怎么。我当时在想我是不是该清理一下，我是不是该洗一下。

彼得　　（放下书）为什么？

安　　什么？

彼得　　为什么你要洗它们？

安　　我瞧着炉火把它们都烧得发白了，就想我们是不是愿意这样。

彼得　　之前呢？我们愿意过那样吗？

安　　（转移话题）我不知道，我们从没谈过，你从来听不到我说话，我们从没讨论过这个。

彼得　　（眉头轻皱）你怎么弄的——弄那个柴架？

安　　我刷干净了。

彼得　　（小停顿）啊。

安　　然后它们又厚了一层——都发白了。

彼得　　（伸手去拉她的一只手）对不起，是我太……

安　　（宽容地）没关系。

彼得　　……入神了。我觉得那样速度会快些。你拿毛巾干什么？

安　　（看毛巾，想起了什么）噢！（下场）

彼得　　（没有意识到她下场，示意书）有的书内容很重要但又很枯燥——就像这本——你见过我看得出神的样子吧？那样我就不会觉得“太枯燥了我看不下去”。这书很重要。这可能是我们做过的最重要的一本枯燥的书。（思考）好吧……也许。这很难说。有那么多的书——那么重要，那么枯燥。（发现她走了）你在哪儿？安？

安　　（再次上场，这次没拿毛巾）真是好险。

彼得　　什么好险？

安　　菠菜差点煮过头。

彼得　　真的？菠菜还能煮过头？

安　　（摇头）谁都说不准。“做饭时要守着灶台”——至少要待在同一个房间里。

彼得　　用微波炉时也是。

安　　我打定主意不喜欢微波炉了。在微波炉里面很难……进行搅拌，只能听天由命。

彼得　　你就不能……暂停一下把门打开然后……

安　　对，当然可以，但那样感觉不合规矩。

彼得　　那为什么咱们家还有两台？

安　　（突然开怀大笑）咱们家什么东西都有两个。

彼得　　（停顿）是吗？

安　　一台是给孩子们用的。

彼得　　他们用微波炉吗？

安　　（笑）你平时都住哪儿？你从来没进过厨房吗？

彼得　　（假装思考）呃……我记得进过两次。

安　　他们当然用微波炉了——经常用。

彼得　　大概不用的只有我了。

安　　我觉着猫应该也不用，虽然它们很聪明。

彼得　　（神往地）我想养条狗。

安　　（直接地）不，你并不想。

彼得　　（直接地）不，我不想。

安　　这是什么书？

彼得　　（有些冗长地）是我们出版过的最枯燥的书。

安　　（高兴地）是吗！这宣传词真有噱头……“我们出版过的最枯燥的书，我们的声誉有目共睹！”

彼得　　……也可能是最重要的一本。

安　　（重复）……“也可能是最重要的一本”。

彼得　　出教科书是最有可能让我们发财的——反正出版社是发财的。

安　　讲什么的？

彼得　　（摇头）你不会感兴趣的。

安　　（微笑，坚持地）是讲什么的？

彼得　　（打量）大约有七百页。拎都拎不动更别说看了，但是我不看不行，所以……（耸肩）

安　　我嫁给你之前我妈对我说，“你怎么会想要嫁一个出版教科书的男人？”

彼得　（笑）她才没说过。

安　她可能会说，也许她真说过。“你怎么会想要嫁一个出版教科书的男人？”“天啊，妈，我不知道——感觉很有趣。”

彼得　我以为你家人挺喜欢我的。

安　他们喜欢你。“他是一个可靠的好男人。”爸爸这么说过。这话我告诉过你。“不是那种……夜间飞行虚构小说之流。”

彼得　（大笑）“夜间飞行”，是什么意思？蝙蝠？跟小说又有什么关系？

安　是我编的。他从没说过这话。去查查。

彼得　什么？

安　夜间飞行。

彼得　唔。也许我会的。

安　或者叫你们哪个研究员去查。这书真有那么枯燥吗？“最枯燥的之类云云”？

彼得　（思考，总结）是的，除《特罗洛普自传》之外——当然《特罗洛普自传》我们也就没有出版。

安　我没看过那本书。

彼得　没几个人看过……从头到尾。我试过，它老是会从我手里掉下去。（重新考虑了一下）应该说……滑落。

安　　（轻拍他）这就是你在派对上的那套，特罗洛普这套，你在派对上总这样。

彼得　　（一脸真诚地）我有吗？！

安　　经常。

彼得　　我都不知道！

安　　不重要。那让你看起来又有智慧又有意思，你本来就是。

彼得　　（尴尬地）对不起。

安　　这是个优点！保持下去，值得保持。

彼得　　（带点讽刺地）谢谢！（转变话题）对了，下次你要是睡不着——就试试。（举起书）或是这个。

安　　谢谢。（嘲讽）如果哪天我睡不着的话。

彼得　　（停顿）唔？什么？

安　　如果哪天我睡不着的话。（她讥讽地说道）

彼得　　（略停顿）我看见你了，起身下床——天快亮的时候——你以为我睡着了。

安　　是吗？

彼得　　对。怎么了？

安　　那你就不担心？不会说“你为什么睡不着？你要去哪儿？你想要干什么？”

彼得　　你又回来了。我猜你是……有自己的私事。

安　　（微微一笑）我在夜里做的私事。我在天亮前做的私事。

彼得 对不起，也许……

安 （不带指责之意）你要知道，我可能是穿着睡衣出门，坐电梯下楼，走出大门，沿着七十四大街，走到街口，站在那里，大叫。

彼得 （理智地）有可能，没错，但你不会。

安 ……或是跑到那里，脱得一丝不挂，躺下来，张开双腿朝向夜空——黎明前的夜空。（停顿）不，我不会，是吗。

彼得 （微笑）不，你不会。

安 哪天晚上，爬起来，跟着我。你从没这么做过吗？跟着我？

彼得 没有。

安 这么多年来？

彼得 没有。这是大家都会有的情况——半夜起床。

安 大家是谁？是你同床共枕过的人？

彼得 不是！这是大家常干的事。你都去哪儿了？

安 哪天晚上，爬起来，跟着我。通常是去厨房，倒一杯茶。（恍惚地）有一天晚上我坐了一个小时……想着要把我的乳房切除。

彼得 哪儿？！

安 在厨房里。

彼得　（放下书，大笑）你才没有！

安　没有？我们中百分之二十的人会得乳腺癌，这其中超过百分之五十的人会死于该病。趁着还年轻，这是避免得病的最佳办法。

彼得　你要做吗？

安　我不知道。也许会。也许不会。

彼得　（有点心痛）你会告诉我的，对吗？

安　什么？

彼得　如果你在考虑……认真考虑。

安　（你个笨蛋！）不！我会去那种诊所，他们动手术都是在飞行中——或是夜间飞行中——我会走进去然后说："你们好，我想把我的乳房切除，拜托了，出于预防目的，全部切除，不要告诉我老公。"

彼得　（有点尴尬）你觉得有女人会做这种事？

安　（陈述）有些女人什么事都做得出来。

彼得　任何事情？

安　两者取一，或是两者都有。

彼得　你真的考虑过要那么做？

安　我有考虑过考虑这事——考虑考虑这事会是什么感觉，做的话是什么感觉。

彼得　啊。

安　钻进你耳朵里的想法，你不知道它会躲在哪里，也不知道它什么时候会从一个道听途说的想法变成一个……有分量的，你可能会去思考的想法，这并不是什么不可设想的事，只要你想，或是需要去想的话。

彼得　（悲伤的事实）我们都会死于某种缘故。

安　迟早都会。

彼得　没错，但是……

安　没错，但是！噢，你真是太迂腐了……不作为地死去也是一种草率！

彼得　（震惊）你把乳房割掉就是谨慎了？！

安　（思索）这是一个极端的例子。是的。

彼得　只有疯子才会这么做。

安　那我们周围的疯子就太多了。

彼得　根本没有。

安　（缓慢而清楚地）很……多。

彼得　只有一个疯子。

安　（耸肩）随你怎么说。（大笑，突然想起来）我记得有一天晚上我在考虑这件事情。那天我妈妈打电话来告诉我她决定要跟某个人搞婚外情。

彼得　（并没有不悦，兴许还很乐意换个话题）真的？！跟谁？！

安　我不知道——就某个人。

彼得　没错，但是你说……

安　　我说她告诉我——我们不是在说**我**的事吗？我在考虑的事？——她说她决定要跟某个人搞婚外情。

彼得　　**没错！**

安　　我当然问了是**谁**——"你想**跟**谁搞婚外情？"

彼得　　当然要问。

安　　不一定。我可能不想探究——或者不想知道。

彼得　　对，有那个可能。

安　　但是我想，我**的确**想探究想知道……所以我干了。

彼得　　（*羞怯*）探究吗？

安　　问她。"你想**跟**谁搞婚外情"，我问她——用很随意的口气。

彼得　　然后？

安　　然后她说她不知道，她还没决定，或者也许她还没遇见那个人。

彼得　　那个男人。

安　　不**一定**。她只知道自己决定要跟某个人搞婚外情。她不知道跟**谁**。

彼得　　这像是个好主意吗？！

安　　是的，或者她觉得是。"这像是个好主意吗？"我问她。"我想是的。""不过也不一定，"她说，"我可能是想做点**坏**事——至于是什么原因我还没搞清楚。""年龄越大人就会变得越复杂，"我跟她说，"就像奶酪。”她露出微笑，我觉得她笑了。我说，“这样的话干点坏事也许是个好主意。”“是的，”她说，“生活是不是很奇怪。”

彼得　就跟砍掉你的乳房一样。

安　是**请人**砍掉它们。

彼得　对，抱歉。

安　我们又说回**这事**了，对吗？

彼得　是因为——是她对你说的那番话，引起了某种女性特有的晦涩难解的共鸣，让你想到乳房的事？是她对你说她想搞婚外情让你开始考虑要去把……？

安　“女性特有的晦涩难解的共鸣”？你**是**谁啊？

彼得　对不起。**是**那样吗？

安　什么，让我开始考虑这事？不，我觉得不是。虽然也有可能。也许如果我没了乳房，搞婚外情的可能性就——如果我想搞的话——就会……我本来是想说就会减少。

彼得　为什么？为什么**不**说就会减少呢？

安　这个么，大概，是的，但不排除**有**人……

彼得　……有人就好那口？——残缺的，缺少某些东西的？（摸自己的胸）“缺少乳房”？！

安　（咯咯笑）有的人就是什么都喜欢——随便什么。（彼得也咯咯笑起来）

彼得　对称美！天啊，我爱死对称美了。（认真地）你有……什么计划吗？

安　你指除了做晚饭之外？除了喂猫——喂家里其余的那些野生动物之外？

彼得　对。

安　除了考虑考虑某件事之外？

彼得　对。

安　（耸肩）噢，我不知道。比如呢？比如搞婚外情——有其母就必有其女？希望不会。希望我没在考虑这事。

彼得　（羞怯）我也是。

安　你也是什么？你希望我不会，还是你希望你不会？

彼得　（惨惨一笑）两者取一，或是两者都有。

安　（直率）我也是。（停顿）那些个夜晚真奇怪——你在熟睡，我看着你——就像他们说的，毫无知觉，不省人事。

彼得　（微笑）暂时的。

安　好吧。我看着你——睡得很沉，没有做梦。（突然有些激动）你知道你睡着的时候人是瘫痪的吗？我指在深度睡眠时，不是做梦，而是在深度睡眠时，你的身体是彻底瘫痪的，除了那些无意识的机能，像是呼吸、心跳。只有一侧的耳朵会保留少量听觉，我想是为了让你能够听到厄运偷偷接近的脚步声——还有别的什么，我记不起来了。你知道你是彻底瘫痪的吗？

彼得　（照实）对，我知道。

安　（惊讶，失望）你知道？！

彼得　对。那本讲睡眠的书是我们出版的。长点记性。

安　可恶！

彼得　那本书也算是爆了冷门"一睡成名"了。（用手肘碰碰她）说笑话呢？

安　可恶。什么？对，笑话。

彼得　还有别的什么？别的部分？我记不得了。

安　什么？

彼得　一个脚趾的一部分？

安　什么东西的一小部分。

彼得　什么？快想想。

安　我不记得了。长点眼色！可能是你的老二。

彼得　呵！我表示怀疑。

安　它自己没有意识？不会无意识地……之类的？

彼得　我觉得……（打住）

安　（被吊住胃口）什么！你觉得什么！

彼得　（停顿，摇头）算了。

安　（愉快地，戏弄地）快说啦！

彼得　不说了。

安	我不会告诉别人的。
彼得	那个……我觉得我做过的包皮手术的效果在消失。
安	（露出意味深长的表情，从咯咯笑最后变成大笑）
彼得	（起身，作势要离开房间）好吧！好吧！
安	（克制住不笑）不笑了！别走！（他停下）等等。你觉得……什么？（又咯咯笑起来）你觉得你做过的那个手术怎么了？
彼得	这不好笑！
安	（沉下脸）对，当然不好笑。（大笑）
彼得	（结束谈话）不说了！到此为止！
安	（伸出手）别，别，对不起。
彼得	（沉默片刻，然后不带主观情感地）我觉得我做过的那个手术的效果……在消失。（坐下）
安	我的天啊！（克制住不笑）
彼得	拜托你好吗？
安	对不起。
彼得	你可能没注意。
安	没有，我要是注意了我肯定会注意到的——如果我注意了的话。
彼得	就是……当我……小便时。
安	（忍住）嗯，我想也是。
彼得	……它看起来好像……已经有点包住了那什么，你知

道的……一点点。

安　（不置可否）我的天啊！

彼得　当我坐在床上时——光着身子——低头看，就更加明显了，它被包得更厉害了。

安　（不置可否）老天爷。

彼得　（感觉到了嘲笑）当然，这对你来说可能无关紧要，但是……

安　不，当然有关！我是说……天啊，如果这么多年来你都跟一个割过包皮的丈夫生活在一起，突然有一天一圈包皮冒出来跟你打招呼，你肯定会纳闷。我是说……这是谁啊？这是什么呀？

彼得　并不是……没有包皮——会这样。只是……它好像……

安　它？

彼得　我的那个好像……在萎缩。（停顿）有一点。（停顿）不多。（停顿）但是……有一点。

安　（思考）悲哀啊。（停顿，安慰）岁月。

彼得　嗯？

安　岁月。就像某人说的，都是难免的。

彼得　我以为我会跟你提起。

安　（高兴地）那当然！你……你想请人看看吗？（克制住不咯咯笑）专业人士，我是说。

彼得　不，我会……我会自己注意的。

安　（忍不住）我会的。我是说……

彼得　行了！

安　（安慰）亲爱的，要是你想让它重新长出来……

彼得　我不想让它重新长出来！

安　我是说，肯定会有办法……

彼得　（脸色难看）对，我知道，挂重物在它上面……挂好几年！我读到过。

安　挂重物在你的……但你根本就没有！

彼得　没有什么？

安　包皮。只有你在说它长回来了……

彼得　我没那么说。我说的是我做过的包皮手术的效果在消失。我没说它又长回来了。我的老天爷！长不回来的！割掉了！医生拿剪刀……

安　应该是手术刀。

彼得　不重要！我当时还是个婴儿！没人问过我！他们就……把它夺走了！

安　而且你甚至不是犹太人。

彼得　（沉着脸点头）而且我甚至不是犹太人。（发怒）他们应该问一声！

安　我的天啊，你当时还不足一周大。

彼得　我是说等等。他们应该等等……然后问一声。

安　　多久？

彼得　　你指……？

安　　怎么？等到你多少——五岁？“宝贝，你现在想做包皮手术吗？”“**那**是什么，妈咪？”“亲爱的，就是，他们拿一把小刀……”

彼得　　（不觉得有趣）不，不行，**再晚点**。

安　　到懂事的年纪？十六岁，还是几岁？“嘿，彼得，你今天想把包皮割了吗？”“你在**开玩笑**吗？！”

彼得　　（摇头）那样的话就会有更多没做过包皮手术的人。

安　　（照实）和更多患上宫颈癌的人。

彼得　　真的吗？

安　　（点头）多多少少。我们怎么说到这个的——我和我的乳房？

彼得　　（耸肩）也许吧。**我**不知道。

安　　你不聊这种事。

彼得　　什么？

安　　性事。

彼得　　对，我想是的。

安　　（并无恶意的评价）你真是谨言慎行的代名词。

彼得　　唔。反正——我以为我会提起这事。

安　　噢，我很高兴你提起了。

彼得　　真的？你真的高兴？

安　　什么！

彼得　　高兴我提起这事——我做过的包皮手术的效果在消失，或者看起来在消失。

安　　（思考）这是同一件事……不是吗？

彼得　　（苦笑）这些你不懂。

安　　显然你一直**想要**提起，显然这一直让你感到困扰。

彼得　　不是困扰……是困惑。让我感到**困惑**。

安　　不重要。我很感谢你能告诉我——感谢你的……分享。

彼得　　不客气。很明显之前没有注意到。

安　　“注意到”？

彼得　　没什么。

安　　对不起。

彼得　　没关系。

安　　（沉默片刻）他们会问孩子父母吗？在医院的时候？在他们动手之前？

彼得　　什么？

安　　包皮手术。

彼得　　不知道。我们生的是女儿……记得吗？

安　　对。我记得读过它的……惯例。

彼得　　什么？

安　　**动手术**。

彼得　你可以起诉。我也可以起诉。

安　（微笑）然后他们会怎么做……把它缝回去？

彼得　有可能。

安　你的意思是你觉得他们会一直保存着，在这过去的——多久来着？四十五年里……存在某个瓶子里？

彼得　什么？！

安　你的包皮。存在某个瓶子里以防你起诉他们？

彼得　别傻了。

安　如果我们有儿子的话不知道我们会不会那么做。

彼得　做什么？包皮手术？

安　对，如果他们问我们的话。

彼得　（短暂停顿）我要知道倒好了。

安　（用沙哑的嗓音模仿）“先生，你们家生了个皮球似的大胖小子！”

彼得　我一直不理解“皮球似的”这个词。他们不会……把孩子当球拍吧？看孩子会不会……

安　别傻了，这是一种修辞——你最懂了。（又模仿）“……皮球似的大胖小子！要帮你们——帮他把那个东西修一下吗？”

彼得　我会说“不”。如果他们那样对我说的话，我会说“不”。

安　唔。我想我会让你来决定。

彼得　这属于男人的事，对吗？

安　　**有**一些事。

彼得　　所以还有属于女人的事？那些你和姑娘们讨论做决定的事，那些我不知道的事？

安　　别傻了。她们还是孩子。这儿又不是非洲，我们不会给女儿做割礼。

彼得　　太恶心了——他们干的事——那些部落干的事！

安　　是啊。（停顿）虽然能减少不忠行为的发生。

彼得　　什么能？

安　　给女孩子做割礼——而且通常不是刚出生的时候做。他们要等到——等到进入青春期。

彼得　　呃！

安　　**那时**他们就会动手。

彼得　　别说了！

安　　等她们长到能够体会快感的年纪，扼杀她们所有感觉，所有快感。减少不忠行为的发生，就像我刚说的。没了快感，没了理由——没了**身体上的**理由。

彼得　　割掉乳房也是一样。

安　　**砍**掉。

彼得　　对。

安　　兜了一圈！

彼得　　嗯？

安　　又兜了整整一圈。

彼得	（微笑）噢，是的。（停顿）你进来的时候——是想干什么？
安	什么时候？
彼得	你进来的时候。
安	什么时候？！
彼得	你拿着洗碗巾进来的时候。你说，“我们应该谈谈。”
安	（困惑地）我说过？
彼得	对！
安	我一定是想谈什么事。
彼得	对，我想是的。
安	我们之前没有谈过的事。
彼得	对，我想没有。
安	不知道是什么事。是煮菠菜之前说的吗？
彼得	煮菠菜的时候。
安	真不知道是什么事！
彼得	也许你出去一下再进来的话……
安	太傻了。
彼得	也许能唤起你的记忆。
安	（停顿）好吧。我出去一下再进来。
彼得	我回去看我的书。
安	好的。（她下场，彼得看书，她再次上场）我们应该谈谈。（彼得看书，她下场，再次上场）一点用

也没有。

彼得　一点也想不起来？

安　倒是让人有点着迷——假装第一次做某件事。**这**很有意思，但我觉得没什么**用**，解决不了我们的问题……我们的困境。

彼得　……那个你想要谈的困境，当你……

安　……当我刚才进来说“我们应该谈谈”的时候。**第一**次，不是第二次。在煮菠菜**之前**。

彼得　我不想再这么试下去了。

安　不了，当然不了。况且，我不去想它的时候可能又会想起来了，很多事情都是这样。

彼得　……坐电梯下楼，走出大门，沿着七十四大街走到街口……

安　……站在那里？大叫？在夜里？那样我可能就会想起来。

彼得　有可能。（模仿）“我知道我想跟他谈什么了！”

安　可能不会那么……兴师动众。但如果真的有用——如果真的是——我就得把你叫醒告诉你。

彼得　如果你那么**做了**——如果你把我叫醒的话——我就会知道这事很要紧——这事……迫在眉睫。

安　（微笑）真是的，我们家没那种事，不是吗？

彼得　（迟疑）是的。我想没有——至少目前还没。

安　　没有，但如果我真的叫醒了你，说我们得谈谈，你一定会飞快地坐起来，眼珠子瞪得大大的。

彼得　　是的。我想是的。我会知道一定是发生了什么可怕的事情。

安　　你会知道？

彼得　　好吧，不对。我不知道我会不会知道，但我想我会的。

安　　你会认为。

彼得　　对，应该这么说：我会认为。

安　　你会认为什么？

彼得　　有什么可怕的事情……

安　　这你刚才说过了。具体一点。具体会是什么？

彼得　　（有点不高兴）我不知道。我是说……看在老天爷的分上，安……

安　　我不是普世大众，我是一个人。

彼得　　我知道。

安　　……如果我叫醒你，你从床上跳起来，不管你认为发生了什么坏事都最有可能跟我有关，或是孩子们，或是你，或是……

彼得　　对！

安　　所以呢？！

彼得　　我会……那个词是什么来着……我会保持冷静随机应变。

安　　这就是你的反应，是吗？

彼得　　什么？

安　　保持冷静，随机应变——如果我坐在床上叫醒你，在……怎么说的来着？……在凌晨时分。这就是你的反应？

彼得　　很可能是的。又或是大叫。或是不肯醒过来。

安　　如果你认为接下来发生的事会非常可怕的话。

彼得　　没错。但我可能还是会跳起来，保持冷静随机应变……问你出了什么事。

安　　不过你会*想象*出了什么事？你想象中什么事可怕到足以……

彼得　　我原话不是这么说的。我说的是“要紧”或者“迫在眉睫”。

安　　后来你说了“可怕”。

彼得　　好吧！

安　　我们家没那种事，对吗？

彼得　　（叹气）没有。但是——我之前也说过——可能将来有一天会有。

安　　（真诚）噢，小可怜。我们可能甚至还会谈起。

彼得　　别一副高高在上的样子。

安　　我*没有*。

彼得　　（沉着）要知道，我不是坏人。我的生活也许没那么激动人心……没有跌宕起伏……

安　（同意）没有。

彼得　……但我们一起经营的生活并不算糟，而且……

安　我知道！我很快乐！

彼得　（稍稍停顿）你快乐吗？

安　这个么……是的。我……是的，当然了。我有充满烦恼的时候。你也有。

彼得　你有吗？

安　当然了。你从来不跟我说你的烦恼，所以……

彼得　我有说！我刚就跟你说了关于……

安　你不会说真正的烦恼，那种让人束手无策的烦恼……真正意义上的。

彼得　（停顿）啊。那种。好吧，你也一样从来不跟我说。

安　说真正的烦恼？那种让人束手无策的烦恼？

彼得　对，那种。

安　何必呢？如果已经束手无策的话……何必还要说？如果说了也没用的话……何必还要说？

彼得　（羞怯）为了……分享？

安　大家一起无能为力？像绒猴一样抱作一团？

彼得　人有时候需要那样。

安　是吗？你需要？

彼得　现在还不需要……我想。

安　　不知道我需不需要。

彼得　　（迫切）你的话会跟我说什么？

安　　（沉浸在自己的思绪里）嗯？

彼得　　如果你在凌晨时分坐在床上叫醒我的话，你会跟我说什么？可能会是什么事？

安　　噢……（整理思绪）可能是我妈妈死了——或是你妈妈死了？有人绑架了姑娘们？我怀孕三个月了但孩子不是你的？我们的股票经纪人卷了我们的全部财产跑了？或者……

彼得　　（捂住耳朵）别说了！！

安　　你想听什么——芝麻绿豆大的小事？鹦鹉飞走了？冰箱坏了？谁在走廊里吐了？

彼得　　是的！

安　　我不会为了这些事叫醒你的。也不会为了比这些更糟糕的事叫醒你——那些让人束手无策的真正的痛心事。好比……好比我知道你爱我——按照你理解的方式，我也很感激这一点——但那不够，你没有按照我需要的，或者说我觉得我需要的方式爱我。好比那本就不是你的性格——也许你根本没有那些，又好比也许没有人能做到那样，能够爱我爱到满足我被爱的需求。或者更糟……好比我觉得我应该得到更多，而在内心深处我……并没有我以为的那么好。

彼得　　（伸出一只手）噢，安。

安　　我要说下去吗？

彼得　　（叹气）说下去吧。

安　　好比没有什么……归根结底……是毫无缺憾的——不管是你、我们，还是……我？我知道你很可能也有这种感觉。或者——更糟——也许你没感觉，也许这些想法你从来都没有过——也许你……根本没有那些。

彼得　　（沉默良久）好吧。

安　　你的确问了。

彼得　　是的，我问了。

安　　是怎样？

彼得　　你说什么？

安　　（更用力地）……你到底有没有！

彼得　　（轻声哀求）别这么凶。

安　　我不！我不！你有吗？你到底有没有？

彼得　　（理智应对）我以为我们都已经做了决定——当我们决定在一起时，甚至早在我们彼此认识之前——我以为我们做了决定，肯定是做过的，决定我们想要的是开一艘安全牢固的船进行一段一帆风顺的航行，看海豚偶尔出没，看海浪轻柔涌动，看远处白云朵朵，感觉好像是一次……熟悉的航行，尽管我们之前并没有过——自始至终都是一段愉快的旅程。这就是我们现在拥有的生活……（一丝迟疑）不是吗？

安　（一丝失望）是啊，当然。

彼得　（听出语气中的失望）不是？

安　不是。没错。这就是我们都想要的，远离冰山，避开百慕大三角，牢记救生船的位置，当然也很清楚它们大都没有用——用不着。没错，这就是我们想要的……这就是我们拥有的——就大多数时候而言。这难道不可怕吗？

彼得　这不是一个问句。

安　对，不是。这难道不可怕吗。

彼得　（小男孩似的）可怕吗？

安　当然了。我们永远不会死去。

彼得　不会吗？

安　对。我们只会消亡。（沉默）

彼得　我想是我径自假设，假设那也是你想要的。

安　哦？这个么……当然——就大部分而言……大多数时候。我们过着比大多数人更优渥的生活。到目前为止还没有碰过壁。院子里的草皮绿意盎然修剪整齐，除了偶尔会有……地鼠洞。

彼得　（不知所措）地鼠洞？！

安　当然。我们的性生活……

彼得　（抗议）安！

安　这里没人。猫窝在那里睡觉。姑娘们在楼上放的音乐震耳欲聋，鸟就更不在乎了。谁会听见？

彼得　（轻轻地）我？

安　噢，是吗？那就听好了。你床上功夫很好。

彼得　谢谢。

安　不客气，但你的技术太烂。（彼得起身）坐下！（他坐下）所有那个需要的，或是可能需要的——也许是大胆也许是狂野，两个相识相知多年的人——同床共枕多年的人——突然间表现得好像陌生人，好像两个刚刚在酒吧邂逅就去隔壁的汽车旅馆打炮的人，为了做而做。有的人共同生活多年，彼此深深相爱。有的人有时彼此就像陌生人——惯常的一夜情，好像你们以后再也不会见面……或是不想见面。那片刻！两个陌生人！那片刻！有的人会为之兴奋——你也可以说沉沦——为之兴奋，化身为动物，陌生人，只剩下对彼此赤裸裸的欲望。有的人就会那样。

彼得　（悲哀地停顿良久）我不会那样。

安　我知道。我也深爱着你。当我们在床上相拥时，我知道我们要——年轻人是怎么说的来着？——要做了？当我们在床上相拥时，我知道我们要做了。我知道接下来会是两个彼此相爱的人给予对方无声的、有序的、按部就班的、深沉的愉悦。相信我，亲爱的，这样足够了。已经不只是足够……就大多数时候而言。但是那份……那份冲动，那份……动物的本能呢？我们是动物！为什么我们就不能像……像野兽那样？！也许是因为我们彼此爱得太保守了？因为我们太安全了？因为我们太……文明了？我们就没有痛恨过彼此吗？

彼得　（稍作停顿）不管你想怎么掩饰——表现得温柔宽容——但你的意思就是说我的床上功夫不行。

安　不！你非常好——非常好。我只是希望有时候你能稍微……坏一点。（看他的反应）我伤害了你！

彼得　不，不是这样的。我曾经很坏。我曾经非常坏。

安　（竖起耳朵）哦？最近吗？

彼得　（微微一笑）不。在认识你之前。

安　（有点难过）哦。

彼得　我从没告诉过你。我从没想过我会需要告诉你。那时候我还在上大学。我申请加入男生联谊会。

安　（宽宏地）这个么……当年聪明的有志青年有时是会那么干。

彼得　对。有过许多戏弄新生的戏码——给我们灌啤酒灌到我们吐为止，逼我们接受痛苦的灌肠直到我们承受不住，把我们扒光衣服丢出门外，好让经过的人……

安　天啊！

彼得　是啊。有一天晚上还举行了性爱派对。

安　（又竖起耳朵）哦？

彼得　非常丑恶。是和一个女生联谊会一起策划的。申请入会的人都被聚到一起——女生**同**男生**一起**，然后……

安　然后？

彼得　然后我们要干那事。他们称之为破处。

安　我不相信。

彼得　怎么了？

安　不是，我不相信所谓的“破处”。

彼得　好吧，他们还准备了——大量的酒、大麻和其他东西。地上铺着床垫，灯光调得很暗，还有一些房间。大多数人……很**期待**，或者说看起来很期待。

安　这**是**什么联谊会？

彼得　有一个女生走到我身边，我并不认识她……

安　……从天而降。

彼得　……你说什么？噢，对，说得好。我并不认识她，然后她把我带进一间房间，房间里只有我们两个人……我之前也**处**过几个姑娘——你知道的，在我的一生当中——所以我并不是毫无经验。我们两个都……晕晕乎乎——我想多半是因为大麻——我们脱光衣服，她摆弄着我的……我的……

安　你的耳朵？你的脚趾？

彼得　　不，是我的……我的……（指）

安　　（大声地）你的那个东西！

彼得　　（小声地）是的！嘘！（她大笑）别笑！

安　　对不起。

彼得　　我想我们俩都已经燥热难耐了，然后我覆上她的身子……

安　　她喜欢那样吗？我喜欢。

彼得　　我知道。从那之后我一直小心翼翼地不伤害任何人——不伤害你。这么多年以来“任何人”一直就只有你。

安　　谢谢。

彼得　　难道爱一个人、不想伤害那个人是不对的吗？

安　　（奇怪地沉浸在自己的思绪中）对，当然对。

彼得　　那，如果一直以来我太过小心翼翼，太过温柔……

安　　你吸取了教训。

彼得　　是的。

安　　不过我本来也没有在说“伤害”——不是那种的。那种我不需要。我在说的是做一个动物——仅此而已。

彼得　　（略微迟疑）我们都是动物，不是吗？

安　　对，但我们可以在繁衍过程中把这种动物性消除——习而改之。谢谢你一直以来当一个好丈夫——不是讽刺，没有一丝一毫那种想法——谢谢你一直以来的温柔、体贴、坦诚还有……“好”——噢，这个可恶的字眼！还有忍受你的妻子，那个似乎想要……某些有点——有点非分之想的东西的女人，也许，尽管她自己也没有意识到；时而会冒出一丝念头，但并没有真正地意识到。

彼得　（停顿）不用谢。

安　（客观地）这么多年来你从没告诉过我。

彼得　（微微一笑）彼此彼此。

安　（微笑，点头）一针见血。

彼得　有些事如果之后再也不会发生，也就没有必要说了。

安　你是说那些事没有告诫意味。

彼得　是的……没有。

安　（微笑）是的……没有。（停顿）我对你很满意——对我们很满意。我感觉我不满意的是我自己——并不十分满意。我一直不知道到底是哪里不满意。某些……**另外**的东西。

彼得　（温和地）没有人帮得上忙吗?

安　没有。没有人……这个“另外的东西”。

彼得　差不多就是所有东西?

安　（大笑一声）你是说差不多**所有人**？不，完全不是。也许没那么宽泛。也许只是为了稳妥。也许**这**就是最痛心的。我想要的不是伤害或失去，是我无法想象的——但我想象着去想象的东西。

彼得　（微笑）那就无可奈何了。

安　对。这样不是很好吗？既然无可奈何又何必为之苦恼？

彼得　（停顿）这样有帮助吗？这一切……有帮助吗？

安　（起身）是的，有一点。（走向他，直勾勾地看着他，微笑，重重打了他一个耳光。他惊讶得合不上嘴。她亲吻他刚刚被她打过的脸颊）疼吗？

彼得　（摸脸颊）疼。

安　（茫然地）我从没这么干过，对吗？

彼得　（为什么？）没有！

安　没有。我从来没想这么干过，现在也不想——我是说伤害你。我是想让你吃惊。对，让你吃惊。你吃惊吗？

彼得　是指我做梦也没想到吗？是的。

安　那这肯定就是我想要的——让这里有点……小骚动，有点……小混乱。

彼得　这些我们都没有。

安　没有。有点小疯狂。那样不好吗？

彼得　（起身）那我们会怎么样？

安　什么怎么样？

彼得　混乱！疯狂！

安　我们会怎么样？

彼得　（满腔热情）对！会怎么样！

安　(仿佛在回忆)你在看书，我走进来，灯光开始闪烁，吊灯开始摇晃……

彼得　地震!

安　不……是龙卷风!我们听见它呼啸着袭来——那种呼啸声我们过去从没听过但清楚地知道它代表着什么!

彼得　我走到窗边，它就在那儿!径直朝我们冲过来!

安　令人又害怕又激动，我们都被卷走了，窗被弄得粉碎，墙上的画被扯下来……!

彼得　(不可自拔地)……笼子被掀翻，鸟飞了出来……

安　……然后猫看见这一幕，它们会抓住鹦鹉把它们吃掉!……

彼得　……然后姑娘们看见这一幕，她们会——怎么做?——把猫吃掉?

安　当然，令人发指的对称美。

彼得　然后……然后我们怎么做……把姑娘们吃掉?

安　(纵声大笑)当然!更加令人发指!

(两个人冷静下来，笑声平息，陷入沉默)

彼得　(终于开口)可谁来把我们吃掉呢?

安　(停顿)我们自己来。我们把自己吃掉——一干二净。

彼得　(停顿良久)狼吞虎咽。

安　(惨然微笑)狼吞虎咽。(彼得大笑——突兀刺耳，笑声停下。停顿良久;她起身，朝厨房走去。不慌不忙地）我会试着再做一次菠菜。（停顿）也可能不会。（停顿）你干什么？看书？

彼得　　不知道。今天天气不错，也许我会去公园——去那儿看书。看点有意思的书。

安　　可别一去不回。

彼得　　（起身，带着书朝大门走去）不，不会，我不会的。

安　　（停顿）你知道，我爱你。

彼得　　（停顿）对，我知道。我也爱你。

安　　（下场）小心驶得万年船。

彼得　　（在她下场后才意识到）小心驶得什么？安？（但她已经走了。他停了一会儿，从通往大门的出入口下场）

第一幕完

第二幕　动物园故事

彼得　　同上。

杰瑞　　三十五到四十岁之间，穿着虽不寒酸但十分随意。修长而略显健壮的身体已经开始发胖，曾经帅气的外表如今已经风采不在。容貌的衰败与精神的萎靡无关。确切地说，他流露出一种疲惫不堪的神态。

时间　　同一天的晚些时候。

场景　　纽约中央公园。舞台上有两张公园长椅。长椅背后是绿化树和天空。

中央公园。场上有两条长椅。幕启，彼得坐在靠舞台前部的长椅上。他正在看书。他停下来，擦拭眼镜，然后继续看书。杰瑞上场。

杰瑞　　我去动物园了。（彼得没有注意到他）我说，我去动物园了。先生！我去动物园了！

彼得　嗯？……什么？……不好意思，你在跟我说话吗？

杰瑞　我去了动物园，然后一路走到这儿。我是在朝北走吗？

彼得　（不解地）朝北？什么……我……我想是的。我看看。

杰瑞　（指向观众席后方）那是第五大道吗？

彼得　是呀，是第五大道。

杰瑞　那跟它相交的是什么路？那条，右边的。

彼得　那条？噢，那是七十四大街。

杰瑞　动物园是在六十五大街那块儿；所以，我是在朝北走。

彼得　（希望能够继续看书）对，应该是的。

杰瑞　朝北好啊。

彼得　（漫不经心地随口应和）哈，哈。

杰瑞　（微微停顿）但不是朝正北。

彼得　我……呃，对，不是朝正北；不过，我们……就说它是朝北。是向北的。

杰瑞　（注视着彼得。彼得很想把他打发走，摆弄起烟斗）哇，你这样不会得肺癌吧？

彼得　（抬头，有点不悦，然后微笑）不会的，先生。要得也不会是因为这个。

杰瑞　是不会，先生。你可能会得的是口腔癌，然后你就得装上那种弗洛伊德一边的下颚被整个儿切除后装的东西。那东西叫什么？

彼得　（不自在地）假体？

杰瑞　就是它！假体。你是个受过良好教育的人，对吗？你是医生吗？

彼得　噢，不；不是。我在哪里读到的。好像是《时代》杂志。（继续埋头看书）

杰瑞　好吧，《时代》杂志不是给蠢货看的。

彼得　对，我想是的。

杰瑞　（停顿）哇，那是第五大道真是太好了。

彼得　（含糊地）是啊。

杰瑞　我不太喜欢公园的西半边。

彼得　噢？（有点小心翼翼又萌生兴趣地）为什么？

杰瑞　（随口答道）不知道。

彼得　噢。（继续埋头看书）

杰瑞　（站了几秒钟，看着彼得。彼得又抬起头，十分不解）你介意我们聊会儿天吗？

彼得　（显然介意）哎……不，不介意。

杰瑞　不，你介意；你介意。

彼得　（把书放下，收起烟斗，微笑）不，真的；我不介意。

杰瑞　不，你介意。

彼得　（终于决定）不；我一点儿不介意，真的。

杰瑞　今天……今天天气不错。

彼得　（多此一举地盯着天空）对。对，没错；很宜人。

杰瑞　我去动物园了。

彼得　对，你刚刚说过了……不是吗?

杰瑞　你打赌你家肯定有电视，嗯?

彼得　哎，对，我们家有两台；一台给孩子们看的。

杰瑞　你结婚了!

彼得　（得意地强调）哎，那当然。

杰瑞　天啊，这又不是规定好的。

彼得　对……对，当然不是。

杰瑞　那你也有妻子。

彼得　（被这看似难以沟通的对话搞糊涂了）是啊!

杰瑞　还有孩子。

彼得　对，两个。

杰瑞　男孩儿?

彼得　不，女孩儿……两个都是女孩儿。

杰瑞　但你想要男孩儿。

彼得　这个么……是男人自然都想要个儿子，但……

杰瑞　（略带嘲讽）但这就是命，只能认了?

彼得　（不悦地）我没这个意思。

杰瑞　你不打算再要孩子了，对吗?

彼得　（有点恍惚地）不，不要了。（回过神，恼人地）你干吗说这个？你怎么会知道?

杰瑞　可能是从你跷二郎腿的姿势里，从说话的嗓音里。又或许我是瞎猜的。是因为你的妻子吗？

彼得　（怒不可遏地）这不关你的事！（沉默）懂了吗？（杰瑞点头。彼得安静下来）好吧，你说对了。我们不会再要孩子了。

杰瑞　（轻轻地）这就是命，只能认了。

彼得　（宽宏地）对……我想是吧。

杰瑞　你介意我问你一些问题吗？

彼得　噢，不介意。

杰瑞　我会告诉你我这么做的理由，我不太跟别人说话——要说也就是类似于：来个啤酒，或者厕所在哪儿，或者正片几点开始，或者管好你的手，老兄。你懂的——类似这些。

彼得　我得说我不……

杰瑞　但每隔一段时间我就想找人聊一聊，好好聊一聊；想认识一个人，了解他的全部。

彼得　（轻声笑，还是有点不自在）那我是你今天的小白鼠？

杰瑞　在这样一个阳光明媚的周日下午，还有谁比你更合适？一个结了婚的体面人，家里有两个女儿和……呃……一条狗？（彼得摇头）不对？两条狗。（彼得又摇头）唔。没有狗？（彼得又摇头。充满遗憾地）噢，太遗憾了。但你看上去是个喜欢动物的人。是猫吗？（彼得沮丧地点头）猫啊！不过，肯定不是你想养的。肯定不是。是你妻子和女儿们的主意？（彼得点头）其他还有什么要告诉我的吗？

彼得　（只好清了清嗓子）还有……还有两只鹦鹉。分别……呃……分别给我两个女儿。

杰瑞　鸟啊。

彼得　我女儿们把它们养在卧室的鸟笼里。

杰瑞　它们身上有病菌吗？那两只鸟。

彼得　我想应该没有。

杰瑞　那太糟了。要是有病菌，你就可以把它们放出来，家里的猫可能就会吃了它们然后死掉。（彼得神色茫然，过了一会儿笑起来）还有什么？你靠什么来养活你这一大家子？

彼得　我……呃……我有份管理层的工作……在一家小出版社。我们……呃……出版教科书。

杰瑞　听起来不错，相当不错。你挣多少？

彼得　（兴致未减地）重点来了！

杰瑞　噢，拜托。

彼得　好吧，我一年大约挣二十万，但我每次出门带钱从来不超过四十块……万一你是一个……一个抢劫犯的话……哈，哈，哈。

杰瑞　（无视他的回答）你住哪儿？（彼得有些不情愿）噢，听着；我不会抢你的钱财，也不会绑架你的鹦鹉，或是你的女儿。

彼得　（极其大声地）我住在莱辛顿大道和第三大道之间，在七十四大街上。

杰瑞　没有想象的那么困难，对吗？

彼得　我不是有意表现得……啊……只是你并没有真的在聊天，你只是在问问题。我又……我又通常……呃……不太跟人聊天。你为什么一直站着？

杰瑞　我等下就要去四处走走了，可能晚点我会坐下的。我说，中层中产阶级的上层分子和上层中产阶级的下层分子的分界线是什么？

彼得　我的好兄弟，我……

杰瑞　别给我来这套。

彼得　（不悦地）我是不是有点高高在上？我想我是有点，对不起。但，你看，你问这种阶级问题让我摸不着头脑。

杰瑞　你摸不着头脑的时候就会变得高高在上？

彼得　我……我有时候不太会表达。（试图拿自己开个玩笑）我是出版的，不是写作的。

杰瑞　（被逗乐，但不是因为玩笑）行吧。事实是：我表现得有点高高在上了。

彼得　噢，好了；你没必要这样说。

（这个时候杰瑞可以开始在舞台上走动，慢慢地表现

得越来越坚定，越来越威严，但步伐不紧不慢，以便在达到至高点时发表关于狗的长篇大论）

杰瑞　好吧。你最喜欢的作家是谁？波德莱尔和斯蒂芬·金？

彼得　（小心翼翼地）呃，我喜欢的作家数不胜数；我的审美爱好相当……广泛，容我冒昧地说。这两个人都不错，各有所长。（酝酿）波德莱尔，当然……呃……在这两个人当中是更为优秀的那一个，但斯蒂芬·金的地位……在我们的……呃……国家的……

杰瑞　不说了。

彼得　我……对不起。

杰瑞　你知道我今天去动物园之前做了什么吗？我从华盛顿广场沿着第五大道一路走过来。走了一路。

彼得　噢，你住在格林威治村！（彼得好像明白了什么）

杰瑞　不，我不住那儿。我坐地铁到格林威治村，然后沿着第五大道一路走到动物园。这是一个人不得不做的事情之一；有时候一个人不得不走一段很长的路，为了在回程时不绕远路。

彼得　（差点儿要噘起嘴）噢，我以为你住在格林威治村。

杰瑞　你想干什么？想刨根问底？理出头绪？分类归档？噢，那很简单；我来告诉你。我住在上西区哥伦布大道和中央公园西大道之间的一栋褐沙石的四层出租公寓楼里。我住顶楼，最靠里的一间，朝西。房间小得可怜，有一面墙还是纤维板搭的，隔出了我的房间和另一间小得可怜的房间，我估计这两间房间原本是一间房间，一间小房间，但没到小得可怜的地步。纤维板另一侧的房间住着一个黑人基佬，总是开着房门；好吧，也不是总是，但在他拔眉毛的时候总是开着，他拔起眉毛来像佛教徒一样无比专注。这个黑人基佬一口烂牙，十分稀罕；他还有一件日本和服，也是相当稀罕；他在走廊里穿着和服来来去去去上厕所，相当频繁。我是说，他经常去上厕所。他从来不会打扰到我，也不带任何人到他的房间。就只是拔眉毛，穿和服，上厕所。再说我那层楼前面两间房间，我猜要大一些；但也还是很小。其中一间住着一家波多黎各人，一对夫妻和几个孩子；具体有几个我不清楚。这家人经常招待客人。另外一间房间，也住了人，但我不知道是谁。我从来没见过。没有。从来没有。

彼得　（尴尬地）为什么……为什么你要住那儿？

杰瑞　（隔着一段距离）我不知道。

彼得　听上去那儿条件不是很好……你住的地方。

杰瑞　噢，不好；比不上东区七十几街的公寓。不过，话说回来，我家里没有妻子、两个女儿、两只猫和两只鹦鹉。我家里，有梳洗用具，几件衣服，一台我不该有的电炉，一个开罐器（可以当钥匙圈的那种），一把餐刀，两把叉子，还有两把汤勺（一把大的，一把小的），三个盘子，一个茶杯，一个茶杯碟，一个酒杯，两个相框，都是空的，八九本书，一副色情扑克，还有一台老式西联打字机（除了大写字母其他都打不出来），和一个没有锁的小保险箱，里面放着……什么呢？石头！几块石头……我小时候在沙滩上捡的天然圆石。石头下面……压着……几封信……拜托信……拜托你干那个拜托你干这个的信。还有啥时信。你啥时写信？你啥时来？啥时？这些信都是近些年的。

彼得　（闷闷不乐地盯着他的鞋子，然后开口）那两个空相框……？

杰瑞　我不明白怎么还需要解释。这还不明显吗？我没有任何人的照片可以放进去。

彼得　你的父母……或者……女朋友……

杰瑞　你真是一个可爱的人，你拥有一种着实令人羡慕的天真。但好老妈和好老爸都已经死了……知道吗？……我也感到很崩溃……我说真的。但是。就是那个歌舞杂耍团，如今正在进行巡演，所以我不知道要怎么面对相框里的他们。而且，更准确地说，好老妈在我十岁半那年扔下好老爸离家出走了，开启了她在南方各州的巡回出轨之旅……旅程持续了一年……她相处时间最长的一个旅伴……相较于她其余的，其余的众多旅伴……是巴利康先生。至少，好老爸是这么告诉我的，在他南下……回来……带回她的尸体之后。你瞧，我们是在过完圣诞过新年之前得到的消息，说好老妈在阿拉巴马的哪个垃圾地方被死神带走了。要是没有死神……肯定没人欢迎她。我是说，她是什么？一具尸体……一具北方人的尸体。不管怎么样，好老爸新年后好好地过了两周，然后迎面撞上了一辆什么公共汽车，这下子我们家算是基本没人了。噢，不对；还有我妈妈的妹妹，她既不染指犯罪也不借酒消愁。我搬去和她住，我对她没什么印象，只记得她干什么事情都板着个脸：睡觉，吃饭，工作，祷告。后来她在回她公寓的楼梯上死了，当时那也是我的公寓，就在我高中毕业的那天下午。要我说，真是一个糟糕的黑色笑话。

彼得　噢，天啊；噢，天啊。

杰瑞　噢，天啊什么？那是很久以前的事了，我现在已经没有任何感觉了。不过，也许这样你就懂了，为什么好老妈和好老爸没有被放进相框里。你叫什么？你的名字是？

彼得　我叫彼得。

杰瑞　我忘了问你。我叫杰瑞。

彼得　（稍带紧张地一笑）你好，杰瑞。

杰瑞　（点头回应）现在来谈谈，放一张姑娘的相片在相框里，尤其还是两个相框，有什么意义？我有两个相框，你记得吧。跟那些漂亮的小姑娘们，我从来只有一面之交，而且大多数时候手边都没有照相机。很是奇怪，不知道这样算不算悲哀。

彼得　姑娘们？

杰瑞　不。我不知道我跟那些小姑娘们只有一面之交算不算悲哀。我和别人从来没有，该怎么说？……和任何人结合从来没有超过一次。就一次，没有第二次……噢，等等；我十五岁的时候有一个多星期……我羞愧地耷拉着脑袋，因为青春期迟迟不来……我是同——性——恋。我是说，我很怪……（快速地）……怪，怪，怪……铃声丁零，横幅在风中呼啦作响。在那十一天里，我和公园管理员的儿子一天至少要见两次……他是一个希腊男孩儿，和我同一天生，只不过比我大一岁。当年的我爱得很深……也许只是爱上了做爱。但那就是一家特别的酒店的魅力，不是吗？而现在；噢，我喜欢那些小姑娘；真的，我喜欢她们。喜欢大约一个小时。

彼得　噢，这事儿在我看来很简单，你只是还没有遇到……

杰瑞　（生气地）瞧！你是不是要叫我去结婚然后养两只

鹦鹉？

彼得　（自己也生气地）别管鹦鹉了！你想单着就继续单着。不关我的事。本来也不是我挑起的话头……

杰瑞　好了，好了。对不起。好吗？你没生气吧？

彼得　（大笑）不，我没生气。

杰瑞　那就好。你居然问的是相框，有意思。我还以为你会问色情扑克。

彼得　（会心一笑）噢，我见过那种牌。

杰瑞　这不是重点。（大笑）我估摸着你小时候和朋友们传着玩过，或者你自己就有一副。

彼得　好吧，我猜这很普遍。

杰瑞　然后你临到结婚之前把牌给扔了。

彼得　噢，好了；听着。我长大之后就不需要那种东西了。

杰瑞　不需要了？

彼得　（尴尬地）我不想谈这些。

杰瑞　所以呢？那就别谈。再说，我也没想打探你青春期之后的性生活和低谷期；我只是想了解你小时候的扑克和你长大后的扑克在价值上有什么不同。你小时候把扑克牌作为实际体验的替代品，等你长大后你又把实际体验作为当年性幻想的替代品。不过我猜你更想听听动物园里发生的事。

彼得　（热切地）噢，是的；动物园。（随后窘迫地）那样……

如果你……

杰瑞　我来告诉你为什么我会去……我来告诉你一件事。我跟你说了我住的那栋出租公寓四楼的情况。我觉得楼层越低，房间就越好；一层比一层好。我猜是那样，我不知道。三楼和二楼的人我一个都不认识。噢，等等！我认识一个住在三楼靠外侧房间的女士。我之所以会知道是因为她成天在哭。每次出门或者回来，每次路过她的房门，总能听到她的哭声，模糊，但是……非常决然。非常非常决然。但我要说的那个人，都是关于狗的，是房东太太。我不喜欢用太难听的话来形容一个人。我不喜欢。但房东太太是一个又胖又丑，既刻薄又愚蠢，不爱干净、不喜欢与人打交道的卑鄙无耻的酒鬼烂货。你可能已经发现了，我很少说脏话，所以我没法儿准确地形容她。

彼得　你形容得……很生动。

杰瑞　谢谢。总之，她养了一条狗，她和她的狗是我那栋公寓的门卫。这个女人坏到骨子里；她总是靠在进门大厅，监视我有没有带人或是东西进来，她要是喝了中午那顿一品脱柠檬味的杜松子酒，就屡屡在大厅里拦住我，抓住我的外套或手臂，用她令人作呕的身体把我逼到一个角落里跟我说话。她身上和她呼吸的气味……你根本想象不到……某一个地方，在她豌豆大的脑子里的某一个地方，有一个器官让她能够吃喝拉撒，还有下流污秽的欲望。而我，彼得，就是她发泄欲望的对象。

彼得　太恶心了。太……可怕了。

杰瑞　不过我想出一个办法可以避开她。在她跟我说话的时候，在她用身体压着我，嘟囔着要我去她房间的时候，我只说：可是，亲爱的；昨天还没有满足你吗？还有前天？然后她就糊涂了，小眼睛眯成缝，有一点动摇，然后，彼得……就在那一刻，我觉得我可能在那栋折磨人的公寓里做了好事……一抹头脑简单的微笑浮现在她不可名状的脸上，她咯咯地笑着哼哼着，回忆昨天和前天的事；她信以为真地回味那根本没发生过的事。随后，她朝那只黑色怪物似的狗招招手，回到她的房间去了。然后我就安全了，直到下一次见面。

彼得　实在太……不敢相信世上真的会有这种人。

杰瑞　（稍带嘲笑）应该只存在于文字里，对吗？

彼得　（严肃地）对。

杰瑞　现实应当交由虚构主宰。你是对的，彼得。好了，我其实要跟你说的是那条狗。下面我要说了。

彼得　（紧张地）噢，对；那条狗。

杰瑞　别走。你没想着要走吧？

彼得　（紧张地）呃……没，我没要走。

杰瑞　（像对孩子说话似的）因为在我跟你说完这条狗的故事后，你猜会怎么样？然后……然后我就会告诉你动物园里发生的事。

彼得　（淡然一笑）你……你满肚子故事，对吗？

杰瑞　你不是非听不可。没人拖着你不让你走，记住这点。脑子里时刻记住这点。

彼得　（不耐烦地）我知道。

杰瑞　你知道？那就好。

（我个人认为下面这段话应该配上大量的肢体动作，以达到对彼得和观众产生催眠的效果。我提了一些具体的动作，但最好还是由导演和饰演杰瑞的演员自行揣摩）

来了。（像在读一面巨幅广告上的字）杰瑞和狗的故事！（恢复自然）有时候一个人需要走一段很长的路，为了在回程时不绕远路，我接下来要说的就跟这个有关；也可能我只是觉得跟这个有关。但，这就是我为什么今天去动物园，为什么朝北走……应该说向北走……一直走到这儿。好了。那条狗，我刚才跟你说了，是一头黑色怪物似的野兽：硕大无比的脑袋，很小很小的耳朵，它的眼睛……布满血丝，可能是感染了；身上瘦得皮包骨头。这条狗是黑色的，全黑的；一身漆黑除了那双布满血丝的眼睛，还有……对……

还有一道豁开的伤口，在它的……右前爪上；那里也是红色的。还有，对了；我想这可怜的怪物应该是条老狗……肯定受尽虐待……几乎总是勃起……的样子。那里也是红色的。还有……还有什么？……噢，对；还有一种灰黄色，在他龇牙的时候。就像这样：吓——！他第一次见到我时就是这样……我搬进公寓的那一天。我第一眼见到这动物就产生了担忧。你瞧，我对动物而言，绝对不是圣方济各那种成天被鸟儿包围环绕的主儿。我的意思是：动物对我毫不在意……跟人们一样（微微一笑）……在大多数时候。但这条狗不是。他一上来就冲我龇牙低吼，然后扑上来咬住了我的一条腿。倒不是他有狂犬病；他走起路来有点跌跌撞撞，但他也不是一条蠢狗。他跑起来跌跌撞撞但脚力不差；不过我总是能躲开。他把我的裤腿扯掉了一块，你看，就在这儿，打了个补丁；这是我住进公寓第二天被他扯掉的；所幸我把他踢开，飞快地跑上了楼，逃过一劫。（困惑）我至今不知道其他房客是怎么对付他的，不过你知道我是怎么想的：我觉得这种情况只发生在我身上。一种默契。所以。总之，这种情况持续了一个多星期，每次我进楼都会发生；但出去的时候却从来不会。很有意思。或者说，当时很有意思。那条狗才不在乎我会不会卷铺盖睡大街。

有一天我在房间里盘算，那天我又是仓皇逃上楼，于是我做出了决定。我决定：首先，我要用糖衣炮弹弄死那条狗，如果行不通……我就直接杀死他。（彼得一惊）别做反应，彼得；听着就是。于是，第二天我出门买了一袋汉堡，肉饼五分熟，不加番茄酱，不加洋葱；回去的路上我把面包全扔了，只留下肉饼。（接下来可能需要肢体动作。）我回到出租公寓时那条狗正在等着我。我半推开进楼大厅的大门，它就在那儿；等着我。总是如此。我小心翼翼地走进去，手上还拿着汉堡，记得不；我打开袋子，把肉饼放在距离那条正冲我低吼的狗十二英尺远的地方。就这样！他低声吼叫，停下不叫了，嗅着气味，慢慢地挪步，然后跑起来，然后跑起来冲向肉饼。他冲到肉饼跟前时停住了，然后看着我。我微微一笑；但很踌躇，你懂的。他的目光回到汉堡上，闻了闻，嗅了嗅，然后……啊呜啊呜，像这样……一头扎进肉饼堆里。就好像他这辈子从来没吃过垃圾以外的东西。很可能真是这样。我觉得房东太太也从来没吃过垃圾以外的东西。但是。他几乎是一口气把所有汉堡都吞下了肚，嗓子里发出的声音就像个女人。**然后**，等他吃完了肉饼，汉堡，还想把纸袋也吃了，他坐下来露出了微笑。我觉得他笑了，我知道猫会笑。那一刻充满了满足与愉悦。

然后，砰！他又低吼着朝我冲过来。这次他也没能追上我。于是，我上楼，躺在床上，又开始想那条狗。说实话，我很生气，气得发疯。那可是六个上好的汉堡，不是那种加了很多猪肉的糟粕。我很生气。但，过了一会儿，我决定再多试几天。你想，这狗对我的态度几乎达到了厌恶的程度；真的。不知道我能不能对抗这种厌恶。于是，我又试了五天，但结果都一样：低吼，嗅闻，挪步，跑动，注视，狼吞虎咽，啊呜啊呜，微笑，低吼，砰！好吧，到这个时候，哥伦布大道上已经扔得满街都是面包了，我也从生气转变为憎恶。所以我决定杀了这条狗。（彼得举手抗议）噢，别这么紧张，彼得；我没杀成。我打算杀狗的那天只买了一个汉堡以及我认为足以致命的老鼠药。我去买汉堡的时候叫店员不用给我面包，我只要肉饼。我设想他可能会有的反应，比如：我们不卖没有面包的汉堡；或是，你想干吗？用手抓着吃吗？但是没有；他亲切地微笑，用蜡纸把汉堡包好，说：给你家小猫咪吃的？我很想说：不，并不是；我打算用这个毒死我认识的一条狗。可是，“我认识的一条狗”这话听起来实在太滑稽了；于是我异常正式地，恐怕嗓门也略微高了点，说道：是的，给我家小猫咪吃的。周围人投来目光。我想要图省事的时候就会这样，周围人会投来目光。不过这无关紧要。就这样。在回出租公寓的路上，我用手把汉堡和老鼠药揉在一起，当时感觉又悲伤又恶心。我推开进楼大厅的门，那头怪物就在那儿，等着享用我的贡品之后扑上来袭击我。可怜的畜生，他始终不明白在他扑向我之前陶醉微笑的那片刻给了我足够的时间逃跑。但，他就在那儿；下体勃起，恶狠狠地等待着。我放下有毒的肉饼，一边朝楼梯走去一边观察。可怜的动物跟往常一样狼吞虎咽地把食物吞下肚，微笑，看得我直恶心，然后，砰。然而，我跟往常一样冲上楼，狗跟往常一样没能追上我。接下来这畜生就奄奄一息了。我之所以知道是因为他没有再来追我，因为房东太太不再是醉醺醺的。就在我下毒手的当晚，她在大厅拦住我，将这个消息透露给我，说上帝给了她的狗狗致命一击。她将稀里糊涂的淫欲抛之脑后，头一回睁大了眼睛。那双眼睛看起就跟那条狗的一样。她哭着哀求我为那动物祈祷。我很想对她说：夫人，我要祈祷也得先为自己，为黑人，为那家波多黎各人，为素未谋面的前室房客，为关起门来决然大哭的女人，为世上所有住在出租公寓里的人；而且，夫人，我不知道该怎么祈祷。但是……为了图省事……我告诉她我会祈祷。她抬眼看着我。她说我是骗子，说我八成希望她的狗死。我对她说，而且说的基本是实话，说我不希望她的狗死。我是不希望，并不仅仅是因为是我给他下的毒。我必须得说，我就希望那条狗活下来，这样我就能看看我们之间的关系会出现什么新变化。（彼得的不悦越来越明显，憎恨的情绪慢慢滋长）请你理解，彼得；这类事情是很重要的。我们必须明白我们的行为的后果。（又重重叹了一口气）总之，那条狗活了过来。我不清楚是怎么回事，只可能他是看守地狱之门的那条狗的后代之类的。我不太熟悉神话。（他误念了“神话”一词的音调。）你呢？（彼得陷入思考。但杰瑞又继续说道）不管怎么样，你没有抓住这个关键问题，彼得；不管怎么样，那条狗死而复生，房东太太也恢复了饥渴，并没有因为汪汪的得救而有丝毫改变。那天我去四十七街看完电影回家，那部电影我之前看过，也可能是很像我之前看过的一部或几部电影，房东太太告诉我说狗狗已经好起来了，当时我真希望那条狗在那里等我。我……应该怎么说……情不自禁？……不可自拔？……不对，好像不是……满心颤抖地渴望，没错；我满心颤抖地渴望着再一次和我的朋友面对面。（彼得做出嘲笑的反应）没错，彼得；朋友。只有这个词可以表达。我满心颤抖等等再一次和我的狗友面对面。我走进门，毫无畏惧地走到进楼大厅的中央。

那畜生就在那儿……看着我。他看上去倒不像刚从鬼门关逃回来的样子。我停下脚步，我看着他，他看着我。我想……我想我们那样保持了许久……一动不动，宛如石像……只是看着对方。我盯着他脸的时候要比他盯着我的时候多。我是说，我可以长时间集中注意力盯着一条狗的脸，狗没法儿一直盯着我的，或是其他人的脸。但在我们盯着对方脸的二十秒钟抑或是两个小时里，我们彼此沟通了。我所希望发生的情况是：此刻我爱上了这条狗，我希望他也爱我。我尝试了爱，也尝试了杀，都以失败告终。我希望……我真不知道为什么我会指望那条狗理解什么，更不用说我的动机了……我希望那条狗能理解。（彼得似乎被催眠了）只是……只是……（杰瑞此刻异常紧张）……只是如果你没法儿面对人们，就只能去别处从头开始。面对动物！（此刻语速加快，像是一个阴谋家）你还不懂吗？人总是得面对什么东西！一张床，一只蟑螂，一面镜子……不，镜子太难了，应该是最后的步骤。面对一只蟑螂，面对……面对……面对一块地毯，一卷厕纸……不，厕纸也不行……那也是一面镜子，总是查看出血情况。你知道找东西有多么不容易了吗？面对一个街口……面对一缕白烟，一缕……白烟……面对……面对一副色情扑克，面对一个保险箱……没有锁的保险箱……面对爱，面对呕，面对哭，面对因为那些漂亮的小姑娘不是漂亮的小姑娘而怒，面对用你的身体赚钱，这是爱的行为，我可以证明，面对因为活着而嚎；面对上帝。面对上帝是一个爱穿和服拔眉毛的黑人基佬，是一个关起门来决然大哭的女人……面对上帝，那个别人告诉我曾几何时对这一切视而不见的人……面对……有一天要面对人们。（杰瑞重重叹了一口气说道）人们。面对一个想法，一个观念。还有哪里会更好，在这个充满羞辱的监狱不如的地方还有哪里会更好，还有哪里会比在进楼大厅里传递一个头脑简单的想法更好？哪里？这会是一个开始！还有哪里更适合开始……去理解以及尽可能被理解……开始达成理解，而不是面对……（此时杰瑞似乎陷入了几近怪诞的疲倦）……而不是面对一条狗。仅此而已，一条狗。（此时场上沉默或许延续片刻，然后杰瑞疲倦地讲完他的故事）一条狗。这想法感觉上非常合情合理。人类是狗最好的朋友，记得吗？所以，那条狗和我注视着彼此。我比狗注视得更久。当时我看到的时至今日都没有改变。每当我和那条狗看见彼此，我们都会停下脚步。我们用混合着悲伤与怀疑的眼神凝视彼此，然后装作漠不关心。我们擦肩而过相安无事，我们达成了一种理解。很悲哀，但不得不承认这是一种理解。我们几次尝试接触，但我们失败了。狗回到了以垃圾为食的日子，于我则是独来独往但进出自由的日子。对我来说不是回到。我的意思是说，我得到了独来独往的进出自由，至此失去反而可以说是得到了。我明白了善与恶相互依存，单凭任何一方都无法产生超越自身的影响；我明白了这两者结合起来，在同一时刻，便是教诲的情感。而得到的正是失去的。结果就是：我和狗达成了妥协，其实更像是交易。我们既没爱过也没伤害过因为我们不想引起彼此的注意。再说，我喂狗不是一种爱的行为吗？又或者，狗咬我不是一种爱的行为吗？如果可以这样曲解，那么，当初为什么要创造“爱”这个词？（沉默）杰瑞和狗的故事：完。（彼得沉默）怎么样，彼得？（杰瑞突然高兴起来）怎么样，彼得？你觉得这故事我能卖给《读者文摘》“我见过的最难忘的人物”专栏挣个几百块吗？嗯？（杰瑞兴致高昂，彼得却心烦意乱）噢，来吧，彼得；跟我说说你的想法。

彼得　（呆滞）我……我不明白……我觉得我不……（此时几乎要哭出来）你为什么要告诉我这些？

杰瑞　为什么不？

彼得　我不明白！

杰瑞　（盛怒然而低声细语）这是谎话。

彼得　不。不，不是。

杰瑞　（轻轻地）我讲的时候就在尽量向你解释。我讲得很慢，最根本的原因还是……

彼得　我不想再听了。我搞不懂你，你的房东太太，她的狗……

杰瑞　她的狗！我一直以为是我的……不对。不，你是对的。那是她的狗。（热切地看着彼得，摇头）我不知道我当时在想什么，你当然不会明白。（单调地，疲惫地）我不住在你的街区；我没有跟两只鹦鹉，或是你家的其他什么配置结婚。我永远是一个过客，我家在全世界最伟大的城市纽约西区那令人作呕的出租公寓楼里。而现在我在这儿，我不会走的。

彼得　（看表）好吧，你可以不走，但我得赶快回家了。

杰瑞　噢，别这样；再待一会儿。

彼得　我真的该回家了，你看……

杰瑞　（用手指挠彼得的肋部）噢，拜托。

彼得　（他非常怕痒，杰瑞不断挠他，他的声音变得尖细）别，我……噢！别这样。住手，住手。噢，不要，不要。

杰瑞　噢，得啦。

彼得　（杰瑞一边挠他）噢，嘿，嘿，嘿。我得走了。我……嘿，嘿，嘿。况且，鹦鹉差不多该准备好晚饭了。嘿，嘿。猫也该布置好餐桌了。住手，住手，而且，而且……（此时彼得已经无法自制了）……而且我们要……嘿，嘿……呃……呵，呵，呵（杰瑞不挠了，但又是挠痒痒又是疯狂的怪念头让彼得几乎笑得歇斯底里。他继续笑着，然后平静下来，杰瑞带着怪异僵化的微笑看着他）

杰瑞　彼得？

彼得　噢，哈，哈，哈，哈，哈。什么？什么？

杰瑞　现在听好。

彼得　噢，呵，呵。什么……什么事，杰瑞？天啊。

杰瑞　（神秘地）彼得，你想知道在动物园发生了什么事吗？

彼得　哈，哈，哈。哪里？噢，对；动物园。噢，呵，呵。我过会儿就要去自家的动物园了，那里有……嘿，嘿，鹦鹉在准备晚饭，还有……哈，哈，那什么来着……

杰瑞　（镇定地）对，真有趣，彼得。出乎我的意料。你到底想不想听在动物园发生了什么事？

彼得　想。想啊，当然想；跟我说说在动物园发生了什么。天啊。我不知道我这是怎么了。

杰瑞　我会告诉你在动物园发生了什么事；但首先，我得告诉你我为什么去动物园。我去动物园是为了多了解人类与动物共存的方式，动物与动物以及与人类共存的方式。这个考查条件可能不太公平，被考查的对象彼此之间全都被铁栏隔开，动物大多彼此被隔开，人类与动物总是被隔开。但，既然是动物园，那就是这样的。（他顶彼得的手臂）过去点。

彼得　（友好地）对不起，你那儿地方太小了吗？（他挪了一点）

杰瑞　（微微一笑）好了，所有动物都在那儿，所有人也都在那儿，今天是周日，所有孩子也都在那儿。（他顶彼得的手臂）过去点。

彼得　（耐心地，依旧友好地）行。（他又挪了一点，这下杰瑞那边的空间足够大了）

杰瑞　今天天很热，所以所有恶臭也都在那儿，所有卖气球的，所有卖冰淇淋的，所有海豹都在嗥吠，所有鸟类都在尖叫。（用力顶彼得）过去点！

彼得　（开始有点恼怒）看，你的地方已经够大了！（但他又挪了一点，这时基本被挤到了长椅的一端）

杰瑞　我也在那儿，正好到了狮子馆的喂食时间，饲养员走进其中的一个狮笼喂其中的一头狮子。（用力捶打彼得的手臂）过去点！

彼得　（非常生气地）我没法儿再过去了，别再打我了。你有什么毛病？

杰瑞　你想不想听故事？（又捶打彼得的手臂）

彼得　（目瞪口呆）我说不好！我确定不想被人捶胳膊。

杰瑞 （又捶打彼得的手臂）像这样？

彼得 住手！你有什么毛病？

杰瑞 你个混蛋，我疯了。

彼得 这不好笑。

杰瑞 听我说，彼得。我想要这张长椅。你去坐那边那张，你要是听话，我会告诉你故事剩下的内容。

彼得 （局促不安地）但……为什么？你到底有什么毛病？再说，我看不出我有什么理由要放弃这张椅子。只要天气好，我几乎每个周日下午都会坐在这张长椅上。这儿很僻静；从来没有人坐在这儿，我就把这儿独占了。

杰瑞 （轻轻地）从椅子上站起来，彼得；我想要这张长椅。

彼得 （带着哭腔）不。

杰瑞 我说了我想要这张长椅，我就要把它据为己有。你上那儿去。

彼得 不是你想要什么就能得到什么。这你应该明白；这是规矩；你可以得到一部分你想要的东西，但不可能全部都得到。

杰瑞 （大笑）愚蠢！你反应太迟钝了。

彼得 别说了！

杰瑞 你个植物人！快去地上躺着吧。

彼得 （激动地）你给我听好。我已经忍了你一下午了。

杰瑞　　并没有一下午。

彼得　　已经够久了。我已经忍了你够久了。我一直在听你说因为你看起来……因为我觉得你想找个人说说话。

杰瑞　　说得真好听；简练高效，而且……噢，我要用个什么词才能公正地形容你的……老天爷，你让我恶心……赶紧滚，把我的长椅还给我。

彼得　　我的长椅！

杰瑞　　（将彼得从长椅上推下来）从我眼前消失。

彼得　　（坐回原来的位置）你个天……杀的。真是够了！我受够你了。我不会放弃这张长椅；你不能把它据为己有，我话搁在这儿了。现在，快滚吧。（杰瑞哼了一声但没有动）我叫你滚。（杰瑞不动）从这里滚开。你不走的话……你是个无业游民……你就是个无业游民……你不走的话，我就叫警察来赶你走。（杰瑞大笑，不动）我警告你，我会叫警察的。

杰瑞　　（轻轻地）这附近一个警察你都找不着，他们都在公园的西半边忙着把小妖精从大树上、树丛里赶出来呢。他们成天就干这个。这就是他们的作用。所以你尽管叫破嗓子吧，没用的。

彼得　　警察！我警告你，我会让他们把你抓起来的。警察！（停顿）我说警察！（停顿）真是太可笑了。

杰瑞　　你看起来才可笑：一个大男人星期天下午在光天化日

的公园里明明没人对你不利却在大叫警察。要是真有哪个警察完成了工作指标往这边过来，他八成会把你当疯子抓起来。

彼得　（厌恶而又无奈地）苍天啊，我就是到这儿来看个书，现在你却要我放弃这张长椅。你疯了。

杰瑞　嘿，就像大家常说的那句，我这儿有个消息要告诉你。我就在坐在你的宝贝长椅上，你永远都别想再独占了。

彼得　（狂怒地）你听着，从我的长椅上起来。我才不管这样是不是无理取闹。我想要独占这张长椅，我想要你起来！

杰瑞　（讥笑）啊……看看是谁疯了。

彼得　滚！

杰瑞　不。

彼得　我警告你！

杰瑞　你知道你现在的样子有多可笑吗？

彼得　（被愤怒和羞耻心冲昏头脑）无所谓。（几近哭喊）从我的长椅上滚开！

杰瑞　为什么？这世上凡是你想要的你都得到了；你跟我说了你的家，你的家庭，*你自己的*小动物园。你已经得到了一切，现在又想要这张长椅。这些就是人们为之奋斗的目标吗？告诉我，彼得，这长椅，这铁条和木头，就是你的骄傲吗？就是你在这世上为之奋斗的目标吗？还有比这更荒唐的吗？

彼得　　荒唐？听着，我不会跟你谈论骄傲，我都懒得跟你解释。再说，这不是骄傲的问题；就算是，你也不会懂的。

杰瑞　　（轻蔑地）你根本不知道自己在说什么，对吗？这可能是你这辈子头一回面对比给你家猫换屎盆更有难度的事。愚蠢至极！你就不知道，一丁点儿也不知道其他人需要什么吗？

彼得　　天啊，听听你说的；反正你不需要这张长椅。这点是肯定的。

杰瑞　　不；不，我需要。

彼得　　（发抖）我上这儿来已经好多年了；在这里，我度过了无数心满意足的快乐时光。这对一个男人来说很重要。我是一个负责任的人，我也是一个成年人。这是我的长椅，你没有权利从我这儿夺走它。

杰瑞　　那就为它而战吧。保卫你自己，保卫你的长椅。

彼得　　这是你逼我的。站起来跟我打。

杰瑞　　像男人一样？

彼得　　（依然生气地）对，像男人一样，要是你再这样嘲笑我的话。

杰瑞　　有一点我不得不佩服你：我觉得你是一个植物人，而且有些目光短浅……

彼得　够了……

杰瑞　……但，知道吗，就像电视上一直说的——你知道的——我的意思是，彼得，你还是有一点尊严的；这让我很吃惊……

彼得　住口！

杰瑞　（懒懒地起身）很好，彼得，我们来为这张长椅决斗，可是你我实力并不匹敌。（他掏出一把小刀，弹出刀刃）

彼得　（突然清醒过来意识到现状）你疯了！你彻底疯了！你要杀我？（彼得还没来得及思考对策，杰瑞就把刀丢到了彼得的脚边）

杰瑞　给你。捡起来。现在你有刀了，这样咱们就实力相当了。

彼得　（惊恐地）不！

杰瑞　（冲向彼得，一把抓住他的衣领；彼得站起来；两人的脸几乎要碰到一起了）现在把刀捡起来然后跟我决斗。为了你的自尊心决斗，为了这张该死的长椅决斗。

彼得　（挣扎）不！放……放开我！救……救命！

杰瑞　（每说一次“决斗”就扇彼得一个耳光）决斗啊，你个可怜虫；为了这张长椅决斗；为了你的男子气概决斗啊，你个可悲的小植物人。（唾在彼得脸上）连让你老婆生个男娃你都做不到。

彼得　（挣脱，被激怒了）这是遗传问题，跟男子气概没关系，你个……你个魔鬼。（他冲过去捡起刀然后退后了一点，他喘着粗气）我再给你最后一次机会；离开这里，别来烦我！（他牢牢地握住刀，但手往前伸得很远，没打算攻击而只是防守）

杰瑞　（重重地叹气）那就来吧！

（他冲向彼得，让刀刃径直刺入自己的身体。两人保持姿势静止不动：那一刻场上一片死寂，彼得依然牢牢地握着刀，刀刃刺穿了杰瑞的身体。然后彼得大叫着往后退，刀插在杰瑞身上。杰瑞一动不动。然后他也大叫起来，那叫声像是一头被激怒的、受了致命伤的动物。他身上插着刀，踉踉跄跄地回到彼得让出来的长椅上。他面朝彼得瘫坐在椅子上，痛苦地瞪着眼睛张着嘴）

彼得　（喃喃自语）上帝啊，上帝啊，上帝啊……

（他不断快速地重复着这几个字。杰瑞奄奄一息，但此刻他的表情似乎变了。他神情放松，声音也变了，时而因痛苦而扭曲，大多数时候他看上去并不像垂死之人。他微微一笑）

杰瑞　彼得，谢谢你，彼得。我是真心的。太感谢你了。（彼得惊得合不拢嘴。无法动弹，呆若木鸡）我遇见了你，

（他极其虚弱地笑起来）然后你安慰了我。亲爱的彼得。

彼得　（几近昏厥）上帝啊！

杰瑞　你现在该走了。可能会有人经过这儿，你不会想让别人看见你在这儿的。

彼得　（没有动，但哭了起来）上帝啊，上帝啊。

杰瑞　彼得，我现在可以告诉你，你并不是植物人，放心吧，你是动物。你也是动物。不过你现在最好快点，彼得。快，你该走了……（杰瑞掏出一块手帕，忍着剧痛艰难地擦去刀柄上的指纹）快走，彼得。（彼得踉跄着要走）等等……等等，彼得。拿上你的书……书。在这儿……我边上……你的长椅上……应该是我的长椅了。来……拿上你的书。（彼得想上前取书，但又退回来）快点……彼得。（他冲到长椅边，一把抓起书，退回来）很好，彼得……很好。好了……快走。（彼得犹豫了一会儿，然后飞也似的逃走）快走……（他闭上了眼睛）

彼得　上帝啊！

杰瑞　快走，你的鹦鹉在做晚饭……你的猫……在布置餐桌……

彼得　（场下。一声悲嚎）上帝啊！

杰瑞　（他的眼睛依然紧闭着，他摇了摇头说道；似是鄙夷的模仿又似是祈求）上……帝……啊。

（他死去）

全剧完

欲望花园

Everything in the Garden

改编自吉尔斯·库珀同名剧作

纪念吉尔斯·库珀

角色

理查德　相貌清秀的男子，四十三岁。

詹妮　理查德的妻子，妩媚迷人的女子，三十五到四十岁之间。

罗杰　他们的儿子，外表帅气的男孩，十四五岁。

杰克　邻居，相貌清秀的男子，大约四十岁。

图司太太　衣着高雅、美丽大方的女士，大约五十岁。

查克和贝罗尔。

吉尔伯特和露易丝。

辛西娅和佩里　朋友兼邻居，与理查德和詹妮非常相像。

场景

郊外一栋住宅的客厅和阳光房内，透过阳光房的玻璃门可以看见一片精心打理的大花园。房子本身颇有年头，阳光房显然是后来增建的，倒也不显突兀。舞台上没有任何凸显富贵的物件；比起铺金盖银，更多的是品味与巧思。

第一幕

第一场

舞台上空无一人，窗外传来（手动）割草机的声响。正在割草的理查德从窗外经过，停下清理，又继续割草。詹妮从门厅进入房间，四处找烟，在壁炉架上找到一盒，发现是空的，正想扔掉，又想起来什么，撕下包装上的优惠券，正准备把空盒扔进垃圾桶时，瞥见里面有另一个空盒，摇头，俯身将它捡出来，揉平整，撕下优惠券。

詹妮　（摇头，小声嘀咕）真是！（提高音量，但理查德不可能听得见）你该长点记性！（理查德割草又从窗外经过，詹妮打开玻璃门，冲他喊）你该长点记性！（他继续割草，詹妮怒了）理查德！（他停下）

理查德　（听不太清她说什么）嗯?

詹妮　你该努力长点记性！（转身，进屋，由着玻璃门开着）

理查德　（跟着她进屋，一边用手帕擦脖子）我该什么？

詹妮　你该长点记性。（不再多说）

理查德　（寻思）好的。（停顿）我该长什么记性？

詹妮　（还在找烟）扔空盒的时候。

理查德　（思索）嗯哼。（停顿）我可以回去干活儿了吗？总得有人给这破草坪割割草，反正我是没看见哪里有园丁等着我发号施令……

詹妮　（发现所有烟盒都是空的）我跟你说了两千遍了：好吧，有两件事情我跟你说了两千遍了：家里的烟要常备……

理查德　（习以为常，但漫不经心）这事儿你在管。

詹妮　（如同一名严厉的老师）一包烟抽完的时候，要干两件事情——我跟你说过……

理查德　——两千遍——

詹妮　（闭上眼睛停顿片刻，继续说道）……第一件事，一包烟抽完以后，确认下是不是最后的——最后一盒……

理查德　（不耐烦）遵命。

詹妮　（不厌其烦）如果是最后一盒，就去补点儿货，或者告诉我……

理查德　（同前）好，好。

詹妮　　每次抽完一包，都别忘记把优惠券撕下来。好吗？优惠券？我们要攒起来。

理查德　　我忘记过吗？

詹妮　　你每次都忘记。我们抽这破烟就是为了攒优惠券……

理查德　　（敷衍）好。

詹妮　　（稍作停顿）你那儿有吗？

理查德　　你说优惠券？

詹妮　　（气恼）烟！

理查德　　（摸索）嗯哼。（突然摸到）来一根吗？（把烟盒递给她）

詹妮　　（瞧见烟盒）嘿，你这家伙！这可不是……你怎么——你居然抽这种烟，这种没有优惠券，你……我在这儿，抽劣质烟糟蹋自己的肺，拼命攒优惠券，你竟然背着我偷偷……

理查德　　（行迹败露而傻笑）被你发现啦？

詹妮　　你这个……小坏蛋！

理查德　　（为她点烟）大坏蛋。是不是很好抽？

詹妮　　（懊恼）是。（停顿）草坪怎么样？

理查德　　疯长。

詹妮　　我叮嘱你的还记得吗？当心别碰到郁金香。

理查德　　（夸张表现追悔莫及）噢，我向你坦白，刚才跟着割草机割嗨了就有点忘乎所以，（模仿割草机快速割草的声音）噗噗噗噗噗噗噗噗，一路直冲；等我回过神来时已经割掉两大片了。（又想起）对不起。

詹妮　　（会意地点头）噢，你上回真割到的时候可不好笑。（几近自言自语）说真的，有哪个成年人会把割草机开进郁金香花圃里。

理查德　（自鸣得意）我觉着挺好。再说，什么叫“草坪怎么样”？你还在乎草坪吗？就算长成一大片蒲公英你也不会在乎，只要不影响到你的蜀葵、你的郁金香、你的粉色须苞石竹还是什么的就行。

詹妮　　（骄傲但无恶意）这就叫作各有所长。有的人适合负责修草坪，还有的人……噢，看我把花园打理得多好。

理查德　（打量花园）看起来不错。你炒鸡蛋一塌糊涂，但打理花园确实是一把好手。

詹妮　　（酸酸甜甜）室外活动更适合我。

理查德　（吻她的额头）对。确实。（一屁股瘫坐在安乐椅上，疲惫不堪地呻吟）噢噢噢噢噢，上帝啊！

詹妮　　嗯？

理查德　（发自肺腑而又伤感）真希望手头能宽裕些。

詹妮　　（小声讽刺）继续抽烟！攒优惠券！

理查德　罗杰来过电话了吗？他顺利到学校了吗？

詹妮　　嗯，他今年有三个室友，他可以有一辆自己的自行车了。

理查德　（变回小孩似的）我也想要一台电动割草机。

詹妮　噢，那是不可能的事，你还是……（不再说下去。）

理查德　我可能是落基山脉东面唯一没有电动割草机的当地居民。

詹妮　好了，都说了不可能了，你就别再想了。

理查德　（指指四周，意指周围邻居）艾伦就有；克林顿，马克！马克每年把旧的卖了换一台新的……

詹妮　（厉声一喊，吓人一跳）不行！（沉默）

理查德　（自言自语）我一个四十三岁的人连台电动割草机都没有。（沉默）

詹妮　你想来点什么吗？喝杯茶，吃个三明治？

理查德　（尖刻）我们吃得起吗？

詹妮　（从牙缝里挤出来）勉强。

理查德　（起身，踱步；漫不经心）你，呃……你想离婚吗？跟别人结婚？嫁个有钱人？嫁个有电动割草机的人？

詹妮　（平静中带着疲倦）这周不行，我太忙了。

理查德　（出神）有空了告诉我。（背对她）多少钱？

詹妮　嗯？

理查德　你花了多少钱？买，买种子，买肥料，买剪刀……

詹妮　（起身）噢，看在上帝的……

理查德　……买，买根茎，买用来支撑那些破植物的支架……

詹妮　（恼怒但相当高明）都翻掉！把这该死的花园整个儿

都翻掉！铺上碎石子！在你翻的时候，记得把草也都拔了！

理查德　（耸肩）谁家没有草。

詹妮　（盛怒）谁家没有花园！（依然愤怒，但有所缓和）我愿意；我愿意省吃俭用，一天到晚吃我并不喜欢吃的东西，穿得像四十年代的电影里走出来的……

理查德　（追悔莫及）好了，好了……

詹妮　……也不请女佣，一个月只做两次头发，从来不提周末出去游玩……

理查德　好了！

詹妮　……一笔笔钱全都花在这栋该死的房子上……

理查德　（语气轻柔，通情达理，却令人窝火）……谁家没有房子……

詹妮　……还有那辆该死的汽车……

理查德　……我们需要用车……

詹妮　……还有罗杰的学费……

理查德　（火气稍稍上来了一点）这个国家的公立学校……

詹妮　……还有那一堆保险……

理查德　你知道，人是会死的。

詹妮　……还有其他各种各样的！各种各样的花费！

理查德　别忘了政府，如狼似虎。

詹妮　我全都愿意，我愿意……我愿意抽这些破烟，我愿意……但我绝对不会。我绝对不会放弃我的花园。

理查德　（轻柔地安抚）我不会叫你放弃的。

詹妮　我们入不敷出，我们住不起这房子，我们现在欠的债只有你去抢银行才可能还清，我们……

理查德　我爱你的花园。

詹妮　（平静下来）有几件事情我永远不会做：其中第一件就是我绝对不会放弃我的花园。

理查德　不放弃，绝对不放弃。

詹妮　我爱我的花园。

理查德　对。

詹妮　花店里的花卖得那么贵，如果我们只能去买鲜切花……

理查德　我知道，我知道。

詹妮　如果我们有一间温室……

理查德　温室！

詹妮　对，小小一间，只要能养点兰花……（看见理查德起身，摇头走开）……你要去哪儿？

理查德　出去自我了断。

詹妮　为什么？！

理查德　（失控）你知道一间温室要花多少钱吗？！

詹妮　（气疯）我在努力攒钱！

理查德　（不理会她）你疯了。

詹妮　　你知道鲜切花要多少钱吗？

理查德　　（模仿她）你知道温室要多少钱吗？

詹妮　　我在努力攒钱。

理查德　　（稍作停顿，继续说道）你怎么不去巴黎买克里斯汀·迪奥？！那样你就不用花钱买衣服了。（沉默）

詹妮　　（心事重重）你要喝茶吗？还是来个三明治？（理查德摇头，沉默。安慰中带着一丝伤感）我们会有温室的，总有一天。我会把它打理得好好的，让你有一间花香四溢的客厅，你一定会很喜欢的。

理查德　　（语气悲伤，略带讽刺）我能先要一台电动割草机吗？

詹妮　　（和气）你想要的都可以得到。

理查德　　（叹气）那就好了。

詹妮　　（徒然神往）我也可以，那样的生活一定非常美好。

理查德　　（沉默片刻）我不喜欢当穷人的原因……

詹妮　　（硬生生纠正）……不喜欢没有钱……

理查德　　我不喜欢当——不喜欢没有钱的原因……

詹妮　　（有点窘迫，生怕被人听到）我们不是吃不饱饭。

理查德　　对，我们有得吃，要不是我们加入了那个，那个（指着窗外）俱乐部，我们的伙食会比现在好得多。

詹妮　　（顺着他的意）对。

理查德　　要不是我们想效仿这帮朋友的生活方式，说不定我们能攒下一些钱。

詹妮　（同前）嗯哼。

理查德　这帮朋友我们以前都不认识，是我们搬过来买下这房子以后……

詹妮　但也是*朋友*。

理查德　噢，对，你搭上的。（不假思索，但发自肺腑）我们的生活方式不对。

詹妮　（仰天大笑）噢，上帝啊！

理查德　不对！

詹妮　可怜的人儿。

理查德　（辩论似的）你住在一栋四万美元的房子里却只能抽劣质烟就为了攒优惠券去买高档吸尘器回来打扫这房子，你加入俱乐部跟那些要是你一开始没加入俱乐部的话就根本不会认识的人互相串门请客，你*加入*俱乐部，*还*学着打网球，全都是因为你执意要搬到一个所有居民都是那个俱乐部成员的街区。

詹妮　（不置可否）那些犹太人和小店主就不是。

理查德　嗯？你搞得自己高台债筑……（意识到自己说错了，试图纠正，挽回面子）高筑债台……债台高筑，何必呢！

詹妮　（语气平静，不知所措）因为你想过好日子。

理查德　*我*想？

詹妮　（如耶稣受难般闭眼片刻）因为*我们*想，因为我们想过好日子；因为我们想像很多人那样过……

理查德　对，那些人过得起！

詹妮　不！很多人过不起，但是照样在过。你以为银行的按揭贷款部门就是为我们开的吗？

理查德　看看杰克！

詹妮　杰克是有钱人！看看其他人。

理查德　（停顿，愁眉苦脸）我觉得自己格格不入。

詹妮　（带着几分高高在上的怜悯）噢……可怜的理查德。

理查德　话说，就是那样。

詹妮　（分外坦率，甚至有些令人生疑）什么就是哪样？

理查德　银行，按揭贷款部门，就是为我们开的。

詹妮　（付之一笑）你不想来点三明治什么的吗？

理查德　（心事重重）不要。

詹妮　（显然是旧话重提）我现在身体还结实……

理查德　（坚定）不行。

詹妮　很多人家的太太都这么干。

理查德　不行。

詹妮　只做兼职，从……

理查德　你不许找工作！

詹妮　那样会有很大的改观……

理查德　（丧失耐心）不行，够了！（想了想，语气缓和下来）我不想让我的妻子又要工作，又要打理家务，还要在罗杰从学校回来的时候照顾他……

詹妮　罗杰已经十四岁了，他不需要人照顾。

理查德　不行！再说，他今年十五岁。

詹妮　我要是找到工作的话，我们就有钱请个女佣，然后……

理查德　我说了不行。

詹妮　（愤怒）噢，看在上帝的分上，不会是在家帮人洗衣服的！

理查德　（带着一丝恶毒）不会？那会是什么？

詹妮　（也带着一丝恶毒）噢，可能在你眼里我只会干这个……

理查德　（提高嗓门）我没这么说过。

詹妮　你言下之意就是！

理查德　言外之意，不是言下之意。而且我也没有。

詹妮　不，你就是，看在上帝的分上。

理查德　我没说过这种话。

詹妮　（夸张地模仿他傲慢的口气）不会？那会是什么？你还能干什么？（愤怒）在你眼里我只会干这个吗？

理查德　（竭力保持耐心）我没说你只会干在家帮人洗衣服的活儿，我只是想说……

詹妮　（哭起来）没想到你居然把我看得这样低。

理查德　（翻白眼）噢，看在上帝的……

詹妮　（吸鼻子，并非在做戏）没想到你居然觉得我只会干这个。我努力想帮你，我努力把房子打理得体面……

理查德　这房子很温馨……

詹妮　……尽心抚养你的儿子让他以后不会变成什么……什么凶恶之徒……

理查德　……我们的儿子……

詹妮　我努力打扮自己；我努力保养自己，为了你，为了你的朋友们……

理查德　什么，怎么一下子全都变成是我的缘故了！大多数时候都是你的，全都是你的！

詹妮　（又落下真泪）我努力！又努力！

理查德　噢，上帝啊！（走上前，安慰她）你做得很好，你把一切打理得都……很好，你看起来……你看起来诱人得让我想把你吃了。（龇牙低吼，作势咬她的脖子）

詹妮　（痛苦状）别这样。（理查德又龇着牙咬上来）叫你住手！（理查德走开）拜托你……走开。

理查德　（停顿，小声）我不是故意……要说惹你生气的话。

詹妮　对，但你说的都是真心话！

理查德　（火气上来）我不是真心的！

詹妮　（也火了）那你为什么要说？！！

理查德　（眼睛眯成缝）什么？

詹妮　（冷漠）如果你不是真心的，那你为什么要说？

理查德　　我没说那些……你言外之意说我……

詹妮　　言下之意！

理查德　　别纠结了！（沉默）

詹妮　　（低声细气，保持端庄）我只是想说也许我每周可以抽一两天去医院做帮忙……

理查德　　（嗤之以鼻）那点钱就够请个女佣了？

詹妮　　（竭力保持冷静）或者开间帽子店……

理查德　　你疯了！你绝对疯了！

詹妮　　（诉诸真情）我只是想帮忙。（沉默）

理查德　　（回心转意，语气温和）我**知道**你想帮忙。你付出的不比任何人少，甚至**超出**了你的范围。

詹妮　　不，没有，我没有帮上你**一点儿**忙。

理查德　　（用鼻子磨蹭）你帮了**大**忙。

詹妮　　你觉得我一文不值。

理查德　　（没当回事儿）不，我觉得我可以把你卖个差不多……噢……

詹妮　　（不接茬）你觉得我是累赘，不是一个得力的好妻子。很多女人都干兼职，补贴一点家用，这……

理查德　　（盖棺定论）不行！

詹妮　　（沉默片刻，叹气）钱，钱，钱。

理查德　　从来都是这样。现实就是这样。

詹妮　　（安慰）你现在比过去挣得多了。

理查德　挣得多：没错。交的税也多了。小心勤勤恳恳的人！小心他们一点儿一点儿地爬上高位。（杰克的身影出现在玻璃门外，观察台上的情形，懒洋洋地对观众说话，仅当他与剧中人物直接对话时才入戏）

詹妮　我知道，妈妈当年说过我应该嫁一个房地产投机商。

理查德　（走向酒柜）对；噢，你应该听她的。

詹妮　（再次尝试）所以，假如我能打份小工……

理查德　（在酒瓶间寻找）不行！

杰克　（当理查德找酒时，对观众）他们在为钱吵架吗？可怜的小两口儿，他们总是这样。不过他们人都很好。理查德为人正派，詹妮……是个好人。可恶，她要不是就好了。

詹妮　（未察觉杰克的存在）你在找什么？

理查德　（同前，头也不抬）伏特加。

詹妮　那儿不就有，就在你眼皮底下。

理查德　我不喝这种；这不是波兰的，只是派对上随便喝喝的——美国货。

詹妮　（"懂你的意思了"）噢；好吧，对不起。

理查德　而且已经空了。

杰克　（对观众）看到了吗？就是这样。波兰伏特加要卖八块五。其中的区别就在于：味道；追求味道的代价可不菲。这俩可怜的孩子。（吐露秘密）我觉得詹妮迷

人极了。倒不是说我真的打算把她扑倒什么的。我对她的欲望只存在于脑海里，**通常是**。

理查德　（对詹妮）像样的伏特加不算奢侈品。

詹妮　温室也不算。

理查德　不，它算。

杰克　（对观众）我叔叔死后留给**我**三百二十五万。真是天大的好事。这意味着**我**可以买一间温室，**还有**波兰伏特加，**外加**三十年的苏格兰威士忌，外加……再也不用发愁——这一点是最棒的，你们不觉得吗？（入戏）孩子们，你们好！

理查德　嗯？

詹妮　（又气又喜，她对杰克的态度既带有母性光辉又不免卖弄风情）噢，看在上帝的分上，杰克。

理查德　（他对杰克的态度带着一分猜疑，几分尴尬，又有着自然流露的亲切感）噢，你好啊，杰克。

杰克　（看出他们有些尴尬）啊，当我四处闲逛想要坐下来歇歇脚时，我通常会去哪里？**这儿**。为什么呢？因为这儿的主人热情好客。孩子们，你们过得怎么样？

理查德　穷。

詹妮　挺好的！

杰克　口径不太一致。

理查德　你过得怎么样？

杰克　（吻詹妮的额头）顺道去俱乐部碰上有人心脏病发作，想看看别人打扑克结果自己输了几百块。（对詹妮）你……身上……真好闻。

詹妮　（高兴）谢谢。

杰克　然后……想到我可以穿过栅栏来看看你们两个。

理查德　（语气和善但带着弦外之音）你八成会想喝一杯。

詹妮　（搪塞）呃，我也是！

杰克　好啊。有波兰伏特加吗？

理查德　（看了詹妮一眼）刚喝完。

詹妮　（对理查德）不如你给咱们每人做一杯马提尼吧？

杰克　（假装不满，啧啧道）喝喝喝，就知道喝。

理查德　苦艾酒也没了。

杰克　这待客之道，厉害了。

理查德　我出去买。

杰克　太好了！那样我就能和你太太独处了。

詹妮　噢，杰克！

理查德　（言下之意是"如果是的话，我就出去买"）你会待很久吗？

詹妮　（嗔怪）理查德！

杰克　噢，我就是想和你们俩最后再喝一杯。是这样，我给你们每人留了二十五万，等喝完这杯酒，我就会去地下室自杀。

詹妮　　噢……

理查德　　（有些肃穆）那你应该上别的地方去干；不然我们拿钱可能会有麻烦，如果……（不再说下去。）

詹妮　　（附和戏言）对……他们可能会……你懂的……有很多疑问。

杰克　　（对观众）要知道，他说得对。真是聪明。（入戏）噢。（停顿）你们真这么觉得？对；噢，好吧。那我就只把酒喝了。

理查德　　（迟疑，稍作停顿）好的。（停顿）好吧，那我出去买。

杰克　　去吧，哥们儿；快去。

詹妮　　（咯咯笑）噢，理查德，真是的；我会好好的。

杰克　　理查德，你太太对你死心塌地；完全不用担心。（对观众）真是这样。像她这样的稀世少有，她是个好女人。

理查德　　（往下场口走，准备穿过门厅）我知道，我就只要像她这样的。

杰克　　（真心惊诧）你以前结过婚？

理查德　　（惊讶）没有。我只是……（一时语塞）……这只是一种……只是随口一说。（对詹妮）你，你有什么要的吗？店里面的？

詹妮　　（摇头）没有。快去快回。噢！要买烟！

理查德　　（正要下场，有些苦涩）哪种烟？

詹妮　　（无奈地叹了一口气，微笑）我们喜欢的那种。快去吧。（理查德下场）

杰克　　（对离去的理查德）再见咯！（对詹妮，模仿格劳乔·马克思）快点！他就算用跑的没个十五分钟也回不来！客卧在哪儿？

詹妮　　（大笑）噢，得了吧，杰克！再说，你也不是客人呀。

杰克　　（貌似惊讶）不是？那我是什么？

詹妮　　一个……呃……一个固定成员。

杰克　　从隔壁人家来的？烦人的杰克，他——又——来——了——酩——酊——大——醉——无——所——事——事——既——然——存——心——捣——乱——不——如——把——大——家——的——午——后——时——光——都——糟——蹋——掉？

詹妮　　唔。

杰克　　（对观众）我真是这样。我是说，就像这样。时间啊，时间。上帝啊，人一定要有远大抱负才能不为天降好运所动。我就没有。（对詹妮）我给你画张像吧。

詹妮　　（愉悦，但显然是旧话重提）不要。

杰克　　不收你一分钱。

詹妮　　不要。

杰克　　（对观众）我画得还不赖。专画那种讨有钱人欢心的画像？（对詹妮）为什么不要？

詹妮　　我……只是想显得与众不同。

杰克　　（略带几分色气）噢，詹妮，你就是与众不同的。

詹妮　　每家，我去过的每户人家，每次我和理查德出去串门，都会看见！西比尔，格蕾丝·多诺万，朱妮，那谁的太太，比奇寇默还是什么来着，壁炉架上头都挂着一幅裱框粗糙的女主人画像，都出自你之手。

杰克　　（似在说世间公理）女士们喜欢别人给她们画像，我为女士们画像，她们把画像挂起来。

詹妮　　（愧疚）这样有失体统。

杰克　　（哈哈一笑）那你昭告天下去，将我从行业中除名。（挖苦）再说，我打赌我干得好的时候三个月挣的钱就能超过理查德一整……

詹妮　　噢，钱！

杰克　　（稍等片刻，微笑着轻声说道）是啊？钱怎么了？

詹妮　　我只是不……我不想成天看着我自己，仅此而已。

杰克　　（无比优雅）我要是你……我就想。（正常语气）怎么了，亲爱的？

詹妮　　噢……（发自内心，就一个玩笑而言有些过于悲伤）杰克，你真的会那么做吗？到地下室去？我是说，留给我和理查德一人二十五万然后上某个地方自杀？我没有恶意。

杰克　　为了你我几乎可以做任何事。（又想起，但非一时兴起）除非是跟我自身利益相矛盾的事。（詹妮惨然大笑）怎么了，小猫咪？

詹妮　　(不愿谈论）累了。就是……累了。

杰克　　要借个肩膀给你哭一哭吗？

詹妮　　不要，我只想要二十五万和一颗轻松的心。

杰克　　(会意地摇摇头）没用的。金钱是贪婪而孤独的，永远想要更多。还是穷点，你这样更幸福。

詹妮　　(嗤之以鼻）胡扯！（门铃声响，詹妮朝门厅走去）

杰克　　真的，这样更幸福。

詹妮　　(走远）你会明白的。

杰克　　我都看着呢。（詹妮下场，杰克对观众）我很明白；是真的，金钱永远在渴求更多同类与之做伴。有了一点小钱最是危险。别想着要一百万：这是危险点。如果我要死……我不会留给他们每人二十五万。不好。我会把那三百万全都留给他们。说实话，这绝对不是个坏主意。有了这三百多万，他们就没有后顾之忧了。我打算就这么干。对，这就着手办。（思考）不过我身体很健康。等他们拿到这笔钱可能花儿都谢了。不过……照旧这就办。

詹妮　　(从门厅传来声音）不，当然不会，说什么傻话。（詹妮上场，后头跟着图司太太）

图司太太　　(上场）我应该事先打个电话，而不是这样贸然上门，但我又想……啊，这位一定是你先生了。你好，我是图司太太，你太太真的太客气了……

詹妮　（轻笑）噢，不，他不是理查德——不是我丈夫，我是说……

图司太太　啊。噢。

詹妮　（稍显心虚）他是……杰克。

图司太太　（向杰克伸出一只手）没关系。一样的，你好。

杰克　（握手，草草地鞠了一躬）图司太太。

詹妮　（心虚，杰克的举动令她感到很尴尬）杰克就是……刚好路过附近。

图司太太　（不置可否）你们一家人的朋友，当然了。

詹妮　对。

杰克　（对图司太太）才不是：我是可爱的詹妮的秘密仰慕者。我只在理查德出门的时候过来。我们之间有暗号——晾衣架上的内裤。

詹妮　杰克！

图司太太　真棒！

詹妮　（对图司太太，又窘又恼）他说的没一个字是真的。从他嘴里说出来的没有一句是真话，从来没有。

杰克　（依旧对图司太太）白色短裤表示我们有一个小时的时间，黄色表示我们得快马加鞭，粉色是专为特殊的日子……

詹妮　　杰克！别闹了！

杰克　　（伤感地摇头）我向你从实招来，夫人，就跟她说的一样：我只是这家人的朋友……顺道来看看。不过这想法真的太诱人了。要真是那样就好了。

图司太太　　（满意的语气中带着同情）哈。

詹妮　　大家都站着干吗？请坐，图……呃……图司太太。

图司太太　　（坐下）谢谢。

詹妮　　杰克，你不觉得应该……？

杰克　　（有意表现出他听懂了暗示）老天，我得走了！还有不一样的晾衣架、更多的内裤在等着我。郊区生活让我们这种人忙得真是不可开交。图司太太，很……

图司太太　　很高兴认识你。千万别把你那些暗号记混了。（詹妮送杰克往通向花园的门走）

杰克　　告诉理查德我改天再来喝那杯马提尼。（小声）她是谁，你的仙女教母吗？

詹妮　　你走不走？

杰克　　（在她的额头上啄了一下）再见。（对观众，挥了挥手随后快速下场）再见。（杰克下场，詹妮回到图司太太身边）

詹妮　　千万别信杰克说的话，图……

图司太太　　（举起一只手止住她开口）噢，真是的。我分辨得出是情人还是朋友。

詹妮　（甚至有点不满）哦？怎么分辨？

图司太太　（大笑）因为在这个国家这两者很少被混为一谈。

詹妮　你是英国人。

图司太太　对。非常典型的。（短暂沉默）

詹妮　你要喝杯茶……还是酒？

图司太太　（干脆利落）不用，谢谢；我是来谈公事的。只谈公事。

詹妮　（停顿）哦？

图司太太　我听说你想找工作？

詹妮　（有些困惑）谁，谁跟你说的？

图司太太　（轻描淡写）噢，你的一个朋友。一位女士。

詹妮　（好奇，依旧不解）哦？谁？

图司太太　不重要。是我搞错了吗？

詹妮　（略显局促）噢，没有……事情是，我之前在考虑找一份工作……

图司太太　那就对了，跟我想的一样。

詹妮　但不是一个……一门职业，你明白吗，只是想找点……

图司太太　……兼职，可以赚点外快的活儿。

詹妮　对，大致的情况你都懂的：我儿子读的寄宿学校，我有不少空余时间。再说，总有需要花钱的地方，是不是？

图司太太　（环顾四周，不置可否）对，是的。

詹妮　　这年头，又要交税，又要负担私立学校……

图司太太　　噢，是啊，是啊，确实。你丈夫是做什么的？

詹妮　　（不太自在，似在接受面试）噢，他……他是化学研究员，这……

图司太太　　……这工作，就跟许许多多的实在事一样，回报总是少于应得的。

詹妮　　（维护理查德）噢，他倒没有太糟；我是说……

图司太太　　（又大笑）当然没有！不过，照旧，你还是想找一份工作。

詹妮　　（心虚地看向门厅——生怕理查德回来）噢，对；人……人都喜欢有用武之地的感觉。

图司太太　　（看向手提包里）对，有用武之地。（她拿出一叠厚厚的钞票，递到詹妮眼前）钱。（詹妮呆呆地看着，嘴巴不禁微微张开）给你的。（示意要给她）

詹妮　　很好，可是……（轻笑，惊讶不已）

图司太太　　（点头）对，钱。给你的。一千美元。给，拿着。

詹妮　　（稍稍后退）噢，不行，我……

图司太太　　你可以数数。给，一千美元。（试图硬塞给她）

詹妮　　（有些惊恐）不！

图司太太　　好吧。（异常镇定地起身，拿着钱走到壁炉边，扔到燃烧的柴火上）

詹妮　　（条件反射似的跑向壁炉，双手差点伸进火中，轻轻叫了一声，直起身子，僵住不动）噢——我觉得你该走了，图司太太。

图司太太　（神秘一笑）还不到时候。我们再来一次。（她从手提包里拿出另一叠钱，作势要往壁炉里扔，詹妮抓住她的手，图司太太默默地把钱交给她，坐回原位，詹妮站着不动）

詹妮　（眼睛死死地盯着图司太太）你真是疯了。

图司太太　不。我只是非常有钱。

詹妮　（看着钱，忍不住掂量）听着，你……你不能就……就这样直接塞钱给我。我不能就这么……收下你的钱。

图司太太　（轻笑）你收下了。已经归你了。你没有什么想买的东西吗？给你自己，给……他叫什么来着？……理查德？

詹妮　大家不能这么平白无故地给别人钱。我想要工作。

图司太太　那好。这是预付工资。你可以为我工作。

詹妮　可我根本就还没说我决定要去工作。理查德非常反对这事，而且……

图司太太　（谅她不会拒绝）我听说你需要钱。

詹妮　对，但理查德绝对不会同意这些事的，而且……

图司太太　哪些？（示意钱）他不会同意那些吗？

詹妮　（看着手中的钱）对不起；我不是有意要冒犯你，但这也太糊里糊涂了，不是吗？而且……而且也太出人意料了。

图司太太　（耸肩）就是份工作。

詹妮　（笑声中透着紧张）那，你得告诉我是什么工作。我是说，钱不是一切。

图司太太　不是吗？什么东西不是钱？就拿我们此时此地来说；这栋房子是钱，那座花园，那座可爱的花园，你身上穿的衣服，全都是钱，不是吗？

詹妮　是什么工作？

图司太太　你丈夫上下班几点？

詹妮　他八点出门，从城里回到家大概七点半，不过……

图司太太　很好。这样，你一周抽四个下午进城，一点到五点。到我待的地方——那条街很不错：有精神病医生开的诊所，有医生们……

詹妮　是做……呃……接待员？

图司太太　接待员？

詹妮　负责，负责安排预约之类的？

图司太太　我来安排预约。帮你约。

詹妮　（稍作停顿）帮我？跟谁约？

图司太太　客户。

詹妮　（天真）约了干什么？

图司太太　赚一百美元。

詹妮　　不，我是说……一百美元？

图司太太　　有时候会更多——碰上出手大方的客人。

詹妮　　但这些客人……他们是什么人？

图司太太　　有的是商人，有的是游客。全都是绅士，全都是有钱人。

詹妮　　（心中有底但尚未确认）我究竟……是要……我究竟是要做什么……来赚这笔钱？（图司太太轻轻一笑，詹妮心中所想得以证实，不禁目瞪口呆，停顿。詹妮拿起那叠钱，朝图司太太手一伸，态度强硬）从我家里滚出去。（图司太太一动不动，詹妮把钱扔在桌上）我要报警了。

图司太太　　（极其镇定，有点高傲）为什么？

詹妮　　（颤抖）你知道为什么！

图司太太　　（微笑）我可什么都没说！

詹妮　　你清楚你的言下之意是什么！

图司太太　　（耸肩）是给你一条财路。

詹妮　　靠那种路子！

图司太太　　你有个朋友就在干这个。

詹妮　　谁！

图司太太　　噢，不成；我们做事很保密。

詹妮　　（从牙缝里挤出来）我不相信你，一个字都不信！这儿的人绝对不会干那种事情，你没有认识到，你不了解我们是什么样的人。

图司太太　（*毫不在意*）信不信随你。

詹妮　开商店的那些人里头可能会有那么一个，你说的是那种人。

图司太太　我说的是你的一个朋友；一个温柔和气的女人，住在一栋舒适的房子里，把家打理得很漂亮——顺便说一句，比这儿漂亮多了——再也不用为钱发愁，生活无忧无虑。你也可以。

詹妮　你太肮脏了！真叫人恶心！

图司太太　（*十分镇定*）没什么恶心的，只要你不觉得恶心。

詹妮　你无耻下流！

图司太太　对，对……

詹妮　我要向警方揭发你！

图司太太　（*站起身，稍稍伸展一下身子*）好啊。说不定他们会把我抓起来。

詹妮　我希望他们把你关进监狱！

图司太太　对，他们八成会的，然后我会对来龙去脉供认不讳。

詹妮　来龙去脉？

图司太太　对，你是怎么找上我的，我们是怎么商谈细节的，但是你对我开的条件不满意。嫌钱太少。

詹妮　你这是无中生有！

图司太太　也许是没有。不过我觉得有人会信的。有不少人会信。

詹妮　滚出去！

图司太太　（从手提包里拿出一张名片）这是我的名片。地址，电话。拿定主意了告诉我。

詹妮　（语气改变，几近泪崩）求求你，求求你快走好吗？

图司太太　不叫警察了，很好。（见詹妮没有收下名片的意思，便将它放在桌上那叠钱的旁边）不过麻烦你十点之前别打电话给我。我睡觉不喜欢受打扰。

詹妮　求你了，快走好吗？

图司太太　（微笑）不用送了。能见到你，我打心眼儿里高兴。（最后看了一眼花园）这花园真漂亮。你这儿有温室吗？（微笑，下场，留下詹妮伫立在房间中央。詹妮看着图司太太离去的身影良久，一动不动。然后她看向桌上放着的那叠钱和图司太太的名片。她拿起名片，启唇默念，然后一脸嫌恶地将它撕成两半，好像拿的不是名片而是粪便一样，拿到垃圾桶旁将它扔了进去。她回到桌边，目不转睛地看着钱，将它拿起，面无表情地、入神地看着；不知道该拿这钱怎么办；最终，颇为坚定地把钱放进书桌抽屉里，锁上抽屉，手握钥匙，抬步往玻璃门走，回头看一眼锁上的抽屉，走开，站在玻璃门边朝外看）

理查德　（从门厅传来声音）人呢——（他拿着一纸袋的酒上场）噢，你在这儿。在我们花园小路上晃悠的那是谁？操着一口英国口音，“你好吗？”她……他跑哪儿去了——杰克呢？

詹妮　（茫然若失）噢。嗨。

理查德　（把纸袋放下，着手把酒一瓶瓶从袋子里拿出来）嘿，她是谁——你的仙女教母吗？

詹妮　（一惊）我的什么？

理查德　那个女人，那位女士。她是谁？

詹妮　（依旧心事重重）噢。图司太太。

理查德　什么太太？

詹妮　图司，图司。

理查德　真的假的。杰克人呢？

詹妮　这是一个十分正经的英国人名儿。（停顿）应该是。杰克？他走了。

理查德　早该想到会这样。差我去酒类商店扫货，他自个儿倒走了。

詹妮　是你要去的。

理查德　（有点生气）她来干吗？

詹妮　图司太太？（不假思索）噢……她是委员会的，想要我去医院帮忙。

理查德　无偿的，还是给钱的？

詹妮　（停顿，随口）给钱的。

理查德　不行！

詹妮　（停顿，语气轻柔）好吧。

理查德　（看着酒）好了，你那些有钱的客人们都走了，就剩咱们俩喝酒了。你想喝什么……来杯马提尼？

詹妮　（发自内心）好的，那就太好了。

理查德　好的。（开始调酒，杯子里已有冰块）你知道汤姆·帕尔默那天说什么了吗？

詹妮　（心事重重，语气不冷不热）不，不知道。那天我没见到汤姆·帕尔默。汤姆·帕尔默说什么了？

理查德　（抬头疑惑地看了詹妮一会儿，然后低头继续调酒）他说杰克在俱乐部，酒吧那儿……跟平时一样醉醺醺的……

詹妮　杰克不是一直都醉醺醺的。

理查德　（有点恼怒）他一直在喝酒。

詹妮　（武断）这不代表他喝醉。

理查德　我只是在复述汤姆·帕尔默说的话。

詹妮　汤姆·帕尔默是个长舌妇。

理查德　（颇为生气）我不想跟你争！

詹妮　好啊！（懊悔）对不起，亲爱的。（停顿）你是一个正直的好男人，我爱你。

理查德　（不情不愿）好吧，你是一个正直的好女人，我也爱你。事实上，我还要送你一杯特制马提尼让你知道我有多爱你。

詹妮　噢，我好高兴。（她走过去拿酒，从他手中接过，他们拥着彼此，走向沙发，他亲吻她的头顶）

理查德　我觉得你比杰克还好闻。

詹妮　（轻声低语）你什么时候闻过杰克？

理查德　比杰克认为的还好闻。

詹妮　哦。（理查德试图啃她的脖子）嗷！别闹了，我的马提尼要洒了。（他们坐在沙发上，放松下来）

理查德　（有点愤愤）你想听点真正好笑的事吗？

詹妮　不是很想。什么事？

理查德　我刚刚在酒类商店……

詹妮　好好笑。

理查德　别吵。我刚刚在酒类商店，格兰迪，那儿的老板，你知道他跟我说什么吗？

詹妮　不知道，什么？

理查德　他买了他的第二辆车。不是卖了旧的换新的，而是又买了第二辆。

詹妮　所以呢？

理查德　开一家又小又破的酒类商店的家伙能买两辆车？我们却只能勉勉强强……

詹妮　你把烟买回来了吗？

理查德　嗯？（取出烟）噢，买了；给。

詹妮　（取了一根，理查德也取了一根，为自己和詹妮点烟）不知道哪一样害死的人更多：酒还是车？

理查德　噢，你把这俩放在一块儿的话就很棒了。晚饭吃什

么？（停顿）

詹妮　　我们出去吃吧。

理查德　　去哪儿？

詹妮　　（豪爽）去……我们去勒·卡瓦耶。

理查德　　（嗤之以鼻）做梦呢。

詹妮　　不！就去那儿！

理查德　　那里人均要二十五美元。喝一杯酒，葡萄酒，就要一人二十五美元！（停顿）

詹妮　　（小心翼翼）我手里有点儿钱。

理查德　　（没听清）嗯？

詹妮　　我说，我手里有点儿钱。

理查德　　（没太在意）哪儿来的？

詹妮　　（敷衍）噢，我……从日常家用里存了一点儿下来。每个星期存一点儿。

理查德　　（轻声）噢，真没想到。

詹妮　　走吧，我们出去吧，换个好心情。就去勒·卡瓦耶。好好放纵一回。

理查德　　去装一回阔绰？

詹妮　　对！走吧，我们都能换个好心情。

理查德　　你个鬼灵精。你有多少钱？

詹妮　　噢……足够的。那就走吧。

理查德　　你个精丫头。（起身）我最好去梳洗一下。真的？你钱真的够?

詹妮　（起身）够。你去梳洗之前最好先把花园里的东西收拾了。

理查德　对。（走向玻璃门）你真是个精丫头。（走出门外。詹妮等他走到不见影儿了，慢慢来到书桌边，打开上锁的抽屉，取出那叠钱，抽出几张，放在桌子上，犹豫片刻，再三考虑，然后把剩下的钱放回抽屉里，重新锁好，收起钥匙。原地站了一会儿，看着垃圾桶，将它放到桌上，取出图司太太被撕成两半的名片，拼在一起，端详名片。理查德探头进来，詹妮既不畏缩也不试图藏起名片，她知道理查德既看不到名片也不会问这是什么。）詹妮?

詹妮　嗯?

理查德　（有几分神往）亲爱的?一间温室要多少钱?就是……小的那种?

詹妮　怎么了?

理查德　我就问问。

詹妮　（抬头）要好多钱。

理查德　我就问问。（退回门外。）

詹妮　（又低头看名片，摇头；有些懊悔）要好多钱。

落幕

第二场

六个月后，同一场景，午后尚早，理查德坐在书桌前，开支票付账单，时不时摇头，神情绝望。可以听见大门被打开又关上的声音。詹妮拿着大包小包上场。

詹妮　（兴高采烈）嗨。

理查德　（死气沉沉）嗨。

詹妮　周六你就该休息休息，干吗不去花园干点室外活儿？（理查德郁然一笑）或者，或者就……躺着赖一会儿？

理查德　（惨然微笑）付账单呢。

詹妮　噢。（把大包小包放下）真是再正常不过了：到了商店，要买的东西半数都给忘光了。

理查德　你没列个单子？

詹妮　当然列了，单子上的东西都买齐了，有些东西一开始列单子时就忘记写上去了。

理查德　比如说？

詹妮　比如说？比如……比如根汁汽水，再买些牛奶、烤曲奇的材料，还有……

理查德　买那些干吗？

詹妮　咱们家有个儿子。对吗？

理查德　（心事重重）嗯哼。

詹妮　（停顿）他今天回家！

理查德　（迷惘中带着欢喜）罗杰？今天？回家？

詹妮　（仿佛他糊涂了）对。放假了。

理查德　噢，我全给忘了。

詹妮　唔。还有玉米脆片什么的好像也忘了买。

理查德　今年不去夏令营了。

詹妮　嗯？

理查德　今年不去夏令营了。罗杰。不送他去夏令营了。付不起那钱。

詹妮　（不置可否，脑子里在想别的）噢。真的？

理查德　真的。

詹妮　（列单子）好吧，不管付不付得起，我本来就觉得他要能留在这儿过暑假就好了，能多了解了解孩子。

理查德　（不住抱怨）好吧，不管好不好……都势在必行。

詹妮　给你帮帮忙，给我打打下手……

理查德　你在列单子的话，写一下再买点信封。

詹妮　家里还有。

理查德　没了，只剩……套在外面的那个纸条。

詹妮　（记下）好的。他可以帮你收拾花园。

理查德　嗯。或者我们可以帮他找一份送杂志的活儿。

詹妮　（语气中带着些许反感和愤慨）真是！

理查德　　噢，你巴不得所有人都在这儿干活儿……

詹妮　　他还是个孩子！

理查德　　他很可能已经处对象了——在学校里认识的当地女孩儿——晚上溜出学校，在外过夜……

詹妮　　（感到难堪，发声抗议）理查德！

理查德　　现在的孩子都很早熟。

詹妮　　罗杰才十四岁！

理查德　　哦，要是一切发育正常，没道理他会不跟姑娘上床，不是吗？再说，他今年是十五岁。

詹妮　　够了。

理查德　　好啦，这总比出一堆其他乱七八糟的事情好。

詹妮　　行了！（沉默）

理查德　　（摇头，最后，露出一抹有点悲伤的微笑）我以前认识一个姑娘，在我们俩约会那会儿——不是那种提前约好时间见面之类的关系，只是……

詹妮　　（有点冷漠）别逗我了。

理查德　　没有，是真的。我当时处在低谷，一心指望着你……（詹妮嗤之以鼻）而且你应该见过她，不过我不会告诉你她是谁，因为她现在还是……但她当年是出了名的放得开……

詹妮　　（有些厌烦）别说了，理查德。

理查德　　不。不只是放得开，她就像一个接受奉献的对象，在各种派对的客房里，引精抽血，真的就是……

詹妮　别说那个可怜的女人了。

理查德　（有点尖锐）我没有贬低她的意思。（沉默）我只是打算拿她跟你做个比较。

詹妮　（嘲讽）是吗？

理查德　为了突显你的好。

詹妮　（满满的讽刺）噢——

理查德　在社交场合——我指的是出了寝室，说好听点是“寝室”，其实就是各种垃圾堆和煤堆——你会以为她是皇太后。该说是一本正经？她说话真的就跟皇室贵族似的拿腔拿调。那么得体，绝对想象不到。

詹妮　（不客气）说这些跟我有什么关系？

理查德　噢。我刚才说罗杰可能处对象了的时候突然想到的。

詹妮　你刚说的是跟姑娘上床。

理查德　大同小异。

詹妮　你也这么跟社会学家说去。

理查德　他们懂的。而且我刚刚说完罗杰可能处对象了，你的脸一下子涨得通红……

詹妮　我看不出你有什么必要在家里这么喊……

理查德　（生气）谁会听见？男仆吗？

詹妮　别冲我嚷嚷！

理查德　（停顿，摇头，哭笑着）我只不过想说你是一个多么古灵精怪、傻里傻气、妙不可言的小……

詹妮　疯子。

理查德　你是！你是一个好妻子，在床上也很好，但是你也很古怪很……古板。

詹妮　古板？！

理查德　对！古板！

詹妮　真是对不住。

理查德　于是我就想，噢，她叫什么来着，那个跟皇太后似的女人，她是多么可笑，而你只是稍微有点傻气……（嘟哝）噢，看在上帝的分上，不说这事儿了。（停顿）我就是想赞扬你一番！我想对你好点儿！

詹妮　（想了想，不理会他的说辞）我不明白你到底为什么提她。

理查德　（恼燥）我也不知道！（沉默）

詹妮　也许我可以去学几个黄段子，或者把你的一些怪癖告诉别人，在聊到……

理查德　别说了！（沉默）

詹妮　（压制笑意）她是谁？（理查德噘起嘴，摇了摇头）说吧，她是谁？

理查德　不行，不行。

詹妮　（胳肢他一下）噢，说吧！

理查德　（快活起来）不行；好了，别闹了。（她继续胳肢他，他一把抓住她，他们俩嬉笑着扭打在一块儿，倒在沙发上，嬉闹，以接吻告终，接着又是一个绵长深情的吻。）

詹妮　不成，这会儿不行。

理查德　噢……

詹妮　不行；罗杰随时会进来，然后……

理查德　好啊，那样他就能跟他的朋友们说我们依然宝刀未老了。

詹妮　好了，别闹了。不行。

理查德　（身子向后一靠，叹气）好吧。

詹妮　（停顿）她是谁？

理查德　（摇头）不成。我答应过的。

詹妮　（眯起眼睛）跟谁？

理查德　我自己。这叫自我约束。

詹妮　（不再纠结）噢，真是的！

理查德　好啦，保留一点儿无伤大雅。

詹妮　（满意地打量着镜中的自己）你看今天的报纸了吗？

理查德　（出神地想心事）唔。

詹妮　他们登了一则广告。

理查德　（回到书桌边）他们要干吗？送钱给大家吗？那我肯定需要啊，如果他们……

詹妮　（仍在自我欣赏）不是，是温室的广告，全铝结构，弧形玻璃……

理查德　（将一张纸重重地拍在桌上）看在上帝的分上，詹妮！（停顿。她有些傲慢地看着他）我刚跟你说完罗杰今年不去夏令营了，因为我们出不起钱，结果……

詹妮　（带着些许漫不经心的轻蔑）噢，钱钱钱。

理查德　对。钱。（给她看账单）燃油，汽车，电气公司——那帮混蛋。阁楼的估价——修补费用。（门铃响起）

詹妮　门铃响了。

理查德　（继续做事）对。你怎么不去开门？

詹妮　（稍作停顿）你怎么不去？

理查德　嗯？

詹妮　你怎么不去开门？

理查德　（语气中带着一丝抱怨）因为我在工作，亲爱的；你没看见我在……

詹妮　如果是找你的呢？

理查德　（有些不解）那你可以告诉我是谁，或是什么事。

詹妮　（停顿，犹豫）噢。对，那倒是。（门铃再次响起）

理查德　（扔下笔，起身，走出房间）噢，看在上帝的分上！（场下传来理查德的说话声。"哪位？""噢，好的。"在他下场的当口，詹妮在房间里来来回回走动了一会儿，试图表现得若无其事。理查德再次上场，手里拿着一个小包裹：棕色的包装纸，用麻绳捆扎着，上面

盖着许多诸如“特快专递”之类的邮戳）

詹妮　是谁？

理查德　（看着包裹）送快递的。

詹妮　哦，我的？

理查德　不是。我的。（晃了晃，又拿在手里看）

詹妮　（停顿）噢。（停顿）拆开来。

理查德　（将包裹放在桌上，两手叉腰，盯着它）不知道会是什么东西。

詹妮　（呵呵一笑）嗨，那就拆开来看看。

理查德　（又拿起包裹细细打量）特快专递，没写发件人是谁。

詹妮　噢，看在上帝的分上，快拆开。

理查德　（尝试拆绳子但拆不开）这个……捆得真……（取一把小折刀将绳子锯断，开始拆包裹。詹妮站在稍远的地方没有上前。理查德一点点将包裹拆开。慢慢露出惊诧之色）

詹妮　（试图表现得若无其事）什么，是什么东西？

理查德　（惊讶）詹妮！你看！

詹妮　嗯？

理查德　詹妮！是钱！

詹妮　是什么？

理查德　是钱！

詹妮　（装作一副不相信和天真高兴的样子）钱。是钱？

理查德　（压低声音，惊叹道）詹妮，是钱。好多好多钱。

詹妮　（靠近一步）啊，天……天哪。

理查德　詹妮，里面是十美元纸币，一叠叠包好，一叠有五百美元。

詹妮　（将困惑表现得淋漓尽致）噢……有多少？总共有多少钱？

理查德　（开始数钱，起先数出声，然后变为无声）一,二,三,四,五,六,七,八,九……

詹妮　（在他数钱时，话语间夹着停顿）太……太不可思议了，我……实在是太不可思议了。

理查德　等等……还有一百美元的纸币。一,二,三,四……（语气中带着一丝困惑）四万九千美元。

詹妮　（有些困惑）四万九？

理查德　詹妮，这儿差不多有五万美元。四万九千美元。詹妮！四万九千美元！

詹妮　噢，确实不可思议！不是五万吗？

理查德　（突然怀疑事有蹊跷）怎么回事。

詹妮　你不……你不高兴吗？

理查德　（对她的话感到哭笑不得）高兴？！我不知道我是不是高兴。

詹妮　（依然不凑近钱）是真的吗？是真的钱吗？

理查德　（观察一张纸币）对，当然是真的，货真价实的一百美元旧钞。

詹妮　（似是感到满意）我的上帝啊。

理查德　可是……可是为什么？我是说，这没道理啊。

詹妮　（保护性地上前一步）是，可这是钱啊。

理查德　（一脸忧郁地看着钱）这是钱，没错。可惜我们不能留着。

詹妮　你什么意思？

理查德　（语气平淡）我说我们不能留下这笔钱。我送到警局去。

詹妮　不行！

理查德　我必须这么做，詹妮。这里面肯定有问题。

詹妮　什么问题！

理查德　（一时语塞）呃……我的意思是……

詹妮　这是寄给你的，不是吗？是特快专递送来的；看在上帝的分上，又不是你捡到的。

理查德　对，我知道，可是……

詹妮　（竭力表现得随意）唔，我看是有谁想要你收下这笔钱。我……我想不出别人寄钱给你还会出于别的什么理由。

理查德　想要我收下。好，但是谁呢？

詹妮　我……我不知道。（耸肩）某个人。

理查德　听着，这钱来路不明，指不准是什么……

詹妮　是什么？

理查德　什么，什么黑手党，或者别的，或者抢银行的，或者……把赃款寄到这儿来保管，然后……

詹妮　（哈哈大笑）别傻了。

理查德　（想了想，压低声音）你觉得是谁寄给我的？

詹妮　（显而易见）当然。

理查德　行，但是谁？

詹妮　噢……也许……是某个你帮助过的人。

理查德　不会有这种好事……有也不会发生在我身上。

詹妮　噢，这不已经发生了。

理查德　（拿着钱朝她一伸，颇像个孩子）你不想……摸一摸之类的吗？

詹妮　噢。好啊，当然了。（朝他走过去，摸了摸钱，淡然一笑）不知道是谁寄给你的。

理查德　我……我不知道。坐火车的时候我经常跟一个男人挨着坐。他好像对我很感兴趣；一个老头，银行家类型。一直问我工作怎么样，干得怎么样。说不定，说不定他是个百万富翁，说不定他有些疯狂的念头。

詹妮　（拿出一根没点过的烟）火。

理查德　嗯？噢，好。（伸手要把一盒火柴递给她，转念一想，为她点好烟）可能是像他那样的人送来的。

詹妮　（毫不怀疑）嗯，对，有可能。

理查德　（困惑中带着几分气馁）然而又不可能是。我是说，应该不可能。

詹妮　（安慰）对。但总是有这么个人。

理查德　是啊。（斟酌，递给她一张纸币）拿着。给你的。

詹妮　（难以察觉的停顿）谢谢。你……你不打算把这钱交给警察了吧。

理查德　（停顿，有些罪恶感，但又故作坦荡）不了，还是算了吧。（停顿）我想是有人要我收下这笔钱。肯定是。不收下就太傻了。（停顿）你不这么觉得吗?

詹妮　（欣然一笑）对。我也是这么想的。

理查德　我是说，总不见得犯傻……把这笔钱扔了。

詹妮　对，那就太傻了。（兴高采烈）我们喝一杯，庆祝一下?

理查德　（云开见日）好！喝一杯。

詹妮　（朝门厅走去）我去拿冰块。

理查德　（朝酒柜走去）好的——我来给咱俩调一杯四万九千美元的马提尼。

詹妮　太棒了！（下场）就说五万吧，要好听得多。（理查德跟着詹妮下场，杰克从玻璃门上场）

杰克　（悠悠地走进房间，对观众讲话）几个月过去了；看别人生生死死，而我只是……四处徘徊。跟你们说，有时候我会觉得自己不是活人——从来没有活过。窥探生活……说的正是我。时而冷眼旁观，时而深入刺探。（极其客观地提出一个事实）我从未感觉自己真正地活过。不可能仅仅因为与世隔离，金钱带来的孤独感，你们懂吗？不，不可能。我认识很多比我富有得多的人，他们就活得淋漓尽致……折腾自己，什么都不放过！噢，对了，我之前说过要做的事我已经办好了。（点头）我立了遗嘱——准确地说是重新立了一份——把全部家当都留给詹妮和理查德。外加三百万。不过我还是不告诉他们的好。就眼下而言要让别人对我产生好感难度不小。我的意思是，虽然我人见人爱，但是……（瞥见桌子上的钱）我的老天爷。（入戏，高声喊道）我的老天爷！瞧瞧这堆钱！

理查德　（从厨房上场）不要碰！

杰克　（装作冒犯）对不起！

理查德　（径直朝钱走去，语气依旧严厉）不要碰就是了。

杰克　好吧。要我出去重新敲门吗？

理查德　（叹气，微微笑笑）对不起，杰克。（詹妮拿着冰桶上场）

詹妮　来啦，价值五万美元的冰块，一……噢，杰克。

杰克　（瞧见两人局促不安的模样。对观众）我的老天爷。

詹妮　（稍作停顿，表现得万分热络）嗨！

理查德　一起吧。

杰克　　（微笑，等着听解释）好啊。

理查德　　（对詹妮）杰克，呃，看到了这些钱，然后……

杰克　　（和颜悦色）……然后就被劈头盖脸吼了一通。

詹妮　　噢。这个，就是这么回事儿，钱。

杰克　　（瞅着钱）是你们偷来的，还是在地下室用印刷机自个儿印的？

理查德　　都不是，我们……

詹妮　　是送来的，就是……送来的。

理查德　　（补充说明）寄过来的。

詹妮　　对。

理查德　　（同前）特快专递。

詹妮　　对。

杰克　　（稍作停顿，显然背后还有更多的隐情）噢，还有这等好事。

詹妮　　是别人寄给理查德的。

杰克　　哦？

理查德　　对。

杰克　　谁？

詹妮　　噢，不知道，我们觉得是某一个……唔，感激他，或者欣赏他的人。

杰克　　意思是你们不知道这钱是哪儿来的。

詹妮　　不知道。

理查德　毫无头绪。

詹妮　没有半点头绪。

杰克　数额很大吗？我能碰吗？

理查德　（下意识地伸手护钱，又收回来）当然。

杰克　（伸出一根手指摸了摸，查看手指）完全是干的。

詹妮　当然了，这是真钱。

理查德　（突然闪过一个不太愉快的念头）杰克……这不是你干的，对吧？

杰克　干什么？

理查德　不是你。这笔钱不是你寄给我们的，对吧？

杰克　（稍作停顿，随后付之一笑）上帝啊，不是啦！

理查德　你保证，如果真是你……

杰克　我保证，百分百保证。（对观众）顺便说下，真不是我；不是我寄给他们的。（对詹妮和理查德）这儿有多少钱？

詹妮　将近……

理查德　五万。

杰克　噢，这就证明不是我了。我出手从来不会只有这点小钱。

理查德　（辩驳）对你来说也许是小钱，但，对有些人而言……

詹妮　（岔开话题）我们一人来一杯马提尼吧？

杰克　好极了！（理查德准备去调酒。詹妮整理房间）我没想要取笑你们的……你们的意外之财。

詹妮　　噢，好了……

杰克　　这是天大的好事儿。（对观众）要我说，也是天大的怪事儿。（入戏）噢，我真心希望你们有办派对的计划。（理查德和詹妮对视，先是一阵兴奋）

詹妮　　对呀，我们是可以！

理查德　（犹豫）噢，我觉得我们不应该声张……

杰克　　不，就是办场派对玩玩儿而已。稍微放纵一下！搞点鱼子酱！摆点香槟！雇个管家！办一场花园派对！

詹妮　　（陶醉其中）花园派对！

理查德　（沉溺其中）好啊！干吗不办！

杰克　　好啊！干吗不办！（对观众，耸肩）干吗不办？

詹妮　　这主意太好了。定什么时候？

杰克　　就现在。

詹妮　　那不行……放在下周，另外……

理查德　（徒然神往，有些伤感）要知道……大家都有安排，而且……

杰克　　不，就现在。立刻就办，趁热打铁。现在就打电话。办一场盛宴，就是图个乐！（语气放缓）干点狂野的，不同寻常的……你们一直以来期盼着能干的事。

詹妮　　好！就这么干！我去打电话叫……我该叫谁？

理查德　噢……查克和贝罗尔……

詹妮　（兴奋地扳手指）对，查克和贝罗尔，还有辛西娅和佩里肯定也是要叫的……

理查德　……对……

詹妮　……还有……还有吉尔伯特和露易丝。还有谁？

理查德　（笑笑）嘿，差不多了。别一股脑儿全花了。

詹妮　够吗？六个人？噢，还有杰克；你得来，杰克。

杰克　不了，亲爱的；我要去俱乐部参加一场重要的十五子棋棋局。

詹妮　……噢……

杰克　别，真的很重要。赌注很高，说什么也不能错过。

詹妮　（活泼地）我去打电话啦。好吗？

理查德　（愉悦）好的。

詹妮　（对理查德）你看看我们需要些什么，要多少烈酒之类的……

理查德　不要香槟吗？

詹妮　要！当然要！但有的人不喜欢。我去打电话。（往门外走）

理查德　定几点？

詹妮　噢……六点，六点半。现在几点？

理查德　四点。

詹妮　（停顿片刻）噢。（决定）好了，抓紧时间。（下场的同时）再见，杰克！

杰克　　再见！（对理查德）这是叫我在她打完电话回来之前走人的意思吗？

理查德　　（笑了笑，把马提尼递给杰克）给。

杰克　　（接过酒）散发着杜松子香气的冰凉天堂。谢谢。（从另一个房间隐约传来詹妮讲电话的声音，听得出她很兴奋）

理查德　　瞧她兴奋的。干杯。

杰克　　干杯。噢，她有什么理由不兴奋？这来钱的路子多妙啊。

理查德　　是啊。

杰克　　我的意思是不用交税。免税？

理查德　　嗯？

杰克　　噢，这钱你肯定不会申报……不申报就不用交税了。

理查德　　（他从未想到这点）说得对！干干净净还不用交税。上帝啊！

杰克　　说不定以后还会有。

理查德　　（有些不解）还会有？为什么？

杰克　　啊哟，上帝啊……如果有人像这样寄钱给你，有什么理由只寄一笔就不寄了呢？保不准你之后每周都会收到。

理查德　　（脸几乎红了）噢，得了吧。

杰克　　不，我是说真的！

理查德　（担忧地皱眉）杰克，你不会……你不会把这事告诉别人的，对吧？

杰克　（活泼）我最最亲爱的理查德……过个三十秒这事儿就会被我抛到脑后了。不会的，我肯定不会说出去的。我可不想坏了你们的好事。

理查德　我的意思是别在闲聊的时候说漏了嘴，最好一个字也别提，你知道的，在俱乐部，或是……

杰克　……或是我多喝了一两杯的时候？不会的，理查德；我不会说出去的。我保证。

理查德　谢谢。

杰克　（慵懒）钱真是一样奇特的东西，是不是，理查德？

理查德　（小男孩似的）我不知道，我从没拥有过很多钱。

杰克　不，钱作为货币和象征符号是两种东西。钱就是一张墨水印的纸……墨水和纸加在一块儿也不值四分之一美分——分文不值……可如果没有钱，世界就会停止运转。

理查德　我们可以重拾以物换物的方式。

杰克　对，我想是可以。这就跟画作一样。一块画布加一点颜料。值多少？四美元？五美元？但它有附加值。让我来画，这幅画可以卖一笔钱，或是让别人来画，价钱是我的十倍……百倍！一幅毕加索的画卖五十万？画得还不错，可能值这个价。钱。一头奶牛卖多少钱？

理查德　不知道……两百美元？

杰克　可能吧。打个比方。一幅毕加索的画值两千五百头奶牛。还有那么多的牛奶。一头奶牛一天能产几加仑牛奶？

理查德　十五？

杰克　加仑吗？

理查德　不是。夸特。我好像读到过。

杰克　好。（心算）那就是……十五乘两千五百等于……

理查德　你要纸和笔吗？

杰克　（心算，摆手拒绝）……算上一年三百六十天，去掉给奶牛放假的几天。三百七十五乘三十六再加上那几个零……等于……上帝啊！年产一千三百五十万夸特牛奶。

理查德　你在开玩笑吧！

杰克　不，我没有。年产一千三百五十万夸特牛奶。

理查德　难以置信！

杰克　确实。牛奶的批发价是多少？

理查德　十美分？

杰克　不，还要少。在到我们这儿之前价格会一路疯狂加成。比方说卖五美分。一百三十五乘以二十……结果就更加令人称奇了！一年光牛奶就能卖将近七十万美元！

理查德　　你究竟想说什么？

杰克　　你想要哪个？毕加索的画还是奶牛？

理查德　　（想了想，摇了摇头，一脸真诚）我不知道。再来一杯？

杰克　　（一边摇头一边将杯中的酒一饮而尽）不了。我得去俱乐部了。老笛格比扒着棋盘气喘吁吁地等着我呢。

理查德　　噢。好。

杰克　　（两人起身，停下动作）有件事很有意思。老笛格比。话说你知不知道他今年八十七了？他爱钱爱得紧……不是爱它作为象征符号的价值……而是爱钱这样东西本身。我打赌他有六千万财产，但在他手里都是一种东西。既没有变成毕加索的画也没有变成奶牛或是……其他东西，仅仅是作为货币的一堆纸。仅仅是钱。

理查德　　（停顿，几乎是辩解）要知道，钱就是钱。

杰克　　（辩解，语气轻柔）我知道。

理查德　　（固执己见但语气轻柔）供这栋房子要钱，让罗杰上好学校要钱，偶尔买点东西哄詹妮开心也要钱……

杰克　　我懂，我懂。

理查德　　（示意书桌上的钱）所以，当这样的好事降临到我们头上……它的意义是不一般的。

杰克　　我不是在拿你开玩笑。

理查德　别告诉詹妮，不过我可能可以给她弄一个温室了，小的那种……

杰克　我跟你说了，一个字都不会说的。钱？什么钱？我得走了。（朝玻璃门走）我突然想到我好像从来没走过这儿的大门。好看吗？

理查德　你说大门？

杰克　嗯。

理查德　（他之前从未认真思考过这点）噢，对……我觉得挺好的。

杰克　哪天一定得走一次。

理查德　杰克？（杰克停下，一条腿已经跨出门外）没事。

杰克　（在理查德转身走开的同时，对观众）他说得对，而且我真的不是在拿他开玩笑。钱……就是……钱。回头见。（下场）

詹妮　（蹦蹦跳跳地上场）你们两个……？噢。杰克走了？

理查德　嗯。

詹妮　（有点上气不接下气）查克和贝罗尔在来的路上了，他们本来就打算过来坐坐；我还叫了辛西娅和佩里，确切地说我跟辛西娅说了，他们还有点事要解决，不过他们会过来的，我还给吉尔和露易丝打了电话但是他们家线路一直忙音，我去接着再打。

理查德　好。你现在要来杯马提尼吗？

詹妮　　不了，等我打完回来再喝。（一边往场下走）罗杰应该就快到了。他要在火车站叫辆出租车回来。

理查德　　出租车？！

詹妮　　（离开的脚步稍稍停了停）对，出租车。（示意钱）你不觉得我们现在打得起车了吗？

理查德　　（领会她的意思，不好意思地笑起来）噢。是啊！对，我们打得起。（詹妮下场。理查德看了看钱，将它们摆放整齐，手伸进口袋里摸烟，没摸着，四下找烟。找到一个空烟盒，继续寻找。扯着嗓子喊道）詹妮，你把烟放哪儿了？算了，我自己找吧。（叉腰站着琢磨了一会儿。走向——哪里？可以是一张边桌，拉开抽屉，在里面翻找，突然停下动作，惊呆了。他在抽屉里摸到了什么东西，慢慢将它拿出来。是一刀钱。他看看这钱，再看看桌上那堆钱，又看看手里的钱，将这刀钱丢在椅子上，或是沙发上，看哪个比较方便，然后环顾房间，瞥见詹妮的——比方说——针线篮，走过去；踌躇片刻，打开针线篮，伸手进去，又摸出一刀钱，他以一种异样忐忑的眼光看着钱，同时拿着钱走过去，跟先前那刀钱丢在一块儿。突然看到壁炉架上有一个盒子，便走过去打开盒子，从里面抓出一大把钱。他松开手，钱像彩纸屑一样在他脚下散落一地。）

詹妮　（上场）好了，搞定了。吉尔伯特和露易丝也来，这样……（她站住，看见他发现的东西）……我们请的人就齐了。

理查德　（如坠五里雾中）詹妮，看。这些是什么？

詹妮　是钱，理查德。

理查德　可……这些是……这些是你的吗？

詹妮　现在没时间跟你解释，我……

理查德　不。有时间。你必须解释。

詹妮　我们还有一堆事要做……

理查德　等等！（指着桌上的钱）这个包裹是你寄给我的？

詹妮　事实上，是的……我只能这样；那么多钱，我想不出别的办法……

理查德　你在……你在赌博吗？

詹妮　（顺势）对！

理查德　在哪儿？赌什么？谁介绍的？

詹妮　就有……就有这么一个男人。

理查德　叫什么？

詹妮　有什么关系吗？反正我一直在赢钱。

理查德　（更加强硬）叫什么？

詹妮　德索利欧。

理查德　你撒谎。

詹妮　别用这种口气跟我说话！

理查德　难道不是吗?

詹妮　好吧……算是吧。

理查德　那你就是在撒谎!

詹妮　(耸肩)对。

理查德　这儿有多少钱?好几千!!你从哪儿弄来的?

詹妮　(辩解)我既没偷也没抢。

理查德　(强硬)你从哪儿弄来的?!

詹妮　我挣来的。

理查德　工作!你找了份工作!

詹妮　算是吧。

理查德　我跟你说过我不希望你去工作。不对!你就算工作也赚不了这么多。这么多钱!这儿有好几千美元,还有……

詹妮　六个月了!

理查德　(惨然一笑,有些歇斯底里)不对,听着,亲爱的;听着,告诉我。是……是谁留给你的吗?是谁死了你没告诉我吗?

詹妮　谁也没死。是我挣的。(稍作停顿)利用下午的时间。

理查德　听着;亲爱的,就算你干全职也挣不了这么多钱。快说吧,告诉我。

詹妮　(拖延时间,语气有点不快)哦?真的吗?要是我适合干的工作就只有当佣人的话,那是挣不了这么多。

理查德　（咬牙切齿）你从哪儿弄来的？

詹妮　（叹气，不假思索）我一个下午赚两百美元，一周干四个下午，有时候更多。我买衣服花掉一点儿，但剩下的还没空花，另外……

理查德　谁会付那么高的工钱！我是说你都没接受过任何培训。

詹妮　不需要培训。

理查德　（一脸困惑，重重疑团令他气愤起来）那需要什么？

詹妮　我的马提尼呢？你答应给我调一杯冰镇的特制……

理查德　（抓住她的一条胳膊）快说！

詹妮　嗷！快放手！（他松开手；她揉着胳膊，与此同时两人怒目相视。小声道）没什么可说的。

理查德　上帝做证，你不告诉我，我就拿这些钱去草坪正中央点一堆篝火！

詹妮　（内心哀求）别干傻事！这可是钱！

理查德　我想知道这钱是哪儿来的！

詹妮　（她也提高嗓门）是工作挣的！

理查德　什么工作？！

詹妮　（胡乱寻找托词）做……接待员。

理查德　接待员能赚这么多钱？（嗤之以鼻）

詹妮　在一个消费很高的地方！

理查德　什么消费很高的地方？！

詹妮　是……一间诊所。

理查德　你指望我相信你一个下午在什么狗屁诊所里坐上几个小时就能挣上两百美元一天？！你当我白痴啊！

詹妮　那儿不仅消费很高还很特殊！

理查德　（有些畏惧又有些厌恶）什么，什么地方，是什么……人流诊所之类的吗？

詹妮　我的上帝啊，你太恶心了！

理查德　干吗！我在报纸上看到有个男人发现他老婆在为专做人流的江湖郎中工作，其实就是给他介绍病人。

詹妮　你太恶心了！！

理查德　好吧，对不起；但你要是还这么遮遮掩掩，要我怎么想？啊？

詹妮　（陷入困境，怒火中烧）随你怎么想！（尖酸刻薄）这钱你不要吗？

理查德　（也发起火来）跟钱没关系！

詹妮　噢，当然有关系！你以为我干这个是为了找乐子吗？

理查德　干什么？！坐办公室？！

詹妮　对，坐办公室！

理查德　这地方叫什么名字？

詹妮　（无所畏惧）没名字，只有电话。

理查德　是吗？好，电话是多少？

詹妮　电话是保密的！

理查德　我是你丈夫！

詹妮　我是你妻子。你什么事都会告诉我吗？

理查德　我要听真话！

詹妮　关于你的工作你又说过多少？对我说。

理查德　我的工作很乏味！

詹妮　我的也是！

理查德　这钱不是！这钱可一点儿也不乏味！上帝啊！这是我收入的四倍。（轻蔑）在一间诊所里坐办公室……听起来更像一家高级妓院！

詹妮　我不喜欢那种字眼。

理查德　妓院！应召会所！窑子！（一阵沉默。詹妮看向屋外的花园。理查德醒悟过来他说中了）不，听着，快说，究竟是什么地方？

詹妮　（看向别处；有些伤感，有些悲哀）就是一个地方。

理查德　一个地方。

詹妮　他们付我钱的地方。

理查德　（又抓住她的一条胳膊）看在上帝的分上！他们付钱给我干什么？！

詹妮　他们是付钱给我！（停顿良久，有些迷惘）这钱你不要吗？

理查德　（松开她的胳膊，稍稍退后，摇了摇头，结结巴巴，不敢相信地笑道）我，我不……我不相信。我，我不相信。

詹妮　（轻描淡写）那就别信。

理查德　（又退后了一点，仍旧一脸困惑）我，我没法儿相信。我做不到。

詹妮　（走向他，笑得无比明媚）亲爱的，这会给我们带来天翻地覆的变化。

理查德　（对她的这番话感到讽刺，苦涩一笑）噢，上帝做证，可不是吗！

詹妮　（依旧一脸高兴，沉浸在自己的思绪中）所有我们这么多年来一直渴望的东西……

理查德　我们！

詹妮　我们可以买第二辆车，还有……

理查德　没有……我不相信！

詹妮　没有什么？

理查德　车库里没有多余的地方。（不可置信）你怎么能干这种勾当？！（停顿）别闹了，这不是真的，对吗？（詹妮缓缓点头）不会的。是真的吗？真的吗？

詹妮　（固执己见，不耐烦）我这么做是为了我们，为了我们想要的一切！

理查德　（咬牙切齿；心中的怒火默默燃烧，渗入骨髓）你是我的妻子，是罗杰的母亲，你还是一个下贱的妓女？！

詹妮　这种说法太难听了。

理查德　那我究竟应该怎么说？！！

詹妮　要知道，这么干的不止我一个。世界上又不是只有我一个人……

理查德　跟我结婚的就只有你一个！

詹妮　（幽幽地解释）但这对我们来说又没有影响，而且……

理查德　（厉声）没有吗？（朝她走过去，重重地扇了她一巴掌）没有吗？这么干你要收多少钱？（她直直地看着他，目光坚定但内心深处可能濒临泪崩。于是他又重重地扇了她一巴掌）我问你：这么干你要收多少钱！！（詹妮一言不发，只是在回给他一巴掌时可能发出一声号哭，下手的力度跟他一样狠。停顿片刻后，理查德冷冷道）滚出去。收拾好东西从这儿滚出去。

詹妮　（同是冷冷道）去哪儿！

理查德　随便哪儿！不然我走。不，上帝做证，我是不会走的！这是我的房子，我出钱买的。我要待在这儿！

詹妮　（出奇冷静）我不能……这么做。

理查德　我叫你滚出去！

詹妮　这儿有很多东西是我的。

理查德　拿走！都拿走！

詹妮　（咬牙切齿）你总不见得指望我现在就把所有东西都收拾好……

理查德　我会寄给你的！你……你现在就滚！

詹妮　　不，不，你才不会。我了解你，你对这种事情向来是束手无策。都得靠我找搬家公司、安排事宜……

理查德　　放屁！！

詹妮　　噢，千真万确。上回你那个叫什么来着的婶婶想把她那个难看的大橱柜要回去，你说这事儿你会负责，结果几个星期过去了你毛事儿都没干。

理查德　　（克制怒火，低声道）收拾好你的东西，从这个家里滚出去！

詹妮　　（听腻了）噢，别傻了。

理查德　　（勃然大怒，不敢相信）别什么？！

詹妮　　我说，别傻了。给我根烟。

理查德　　你个贱货荡妇！

詹妮　　我不是荡妇！我说了，我这么做是为了钱！你挣不到的钱！我们需要的钱！你以为我干这个干得很开心吗？

理查德　　以为？！我，我，我，我。我什么都没以为！我想都没法儿想！我要是去想的话早就疯得不成人样儿了！男人会因为这种事情杀了自己老婆！

詹妮　　（咯咯笑）噢，亲爱的……

理查德　　（遭到嘲笑，逐渐失控）你觉得不会吗？（脸色阴沉地走向她）去看看报纸就知道了！上帝做证，看看明天的报纸就会知道……

（传来大门砰的关上的声音，两人同时打住。罗杰从

门厅上场）

罗杰　　嗨！我打车回来的，你们身上有钱吗？

詹妮　　（似是把他的事彻底忘了，充满歉意道）罗杰！

罗杰　　出租车司机说要加五美元车钱，因为开过来太远了。

理查德　　（怒气转向司机）哦，他这么说的，是吗？好，看我怎么修理这个孙子。（理查德下场，走下场的时候一把推开挡路的罗杰）

罗杰　　（看着理查德下场，一脸莫名；回过头对詹妮；真情流露）嗨，妈妈。

詹妮　　（掩饰自己的尴尬）亲爱的！你回来得……好早。

罗杰　　（陈述事实）火车准点到的。

詹妮　　（有些慌乱）哦？是吗？噢，那……肯定是家里的钟慢了。

罗杰　　就是了。（走过去站在一把椅子上，透过玻璃门朝栅栏外张望）网球打得怎么样？

詹妮　　什么网球？

罗杰　　（指）俱乐部的。（从大门外传来争吵声）

詹妮　　（忧心忡忡地看向别处）噢，我……我没怎么关注。

罗杰　　爸爸还在打吗？但愿那个出租车司机不会一气之下杀了他。

詹妮　　（担忧地冲门外喊）理查德？（对罗杰）赶紧下来，别让你爸爸看见了！

罗杰　好……（跳下椅子，看到钱）哇哦！这是钱吗？

詹妮　（在想其他事，搪塞道）对，嗯……放着别去动。

罗杰　哪儿来的，赌什么被我们一家独赢了？

詹妮　你就……你就别管了。

罗杰　我能拿一叠吗？

詹妮　（顿时发怒）不行！我叫你别去动！

罗杰　（有些受伤）对不起。（拙劣地嘲讽）哇，这家回得还真是开心。

詹妮　（歉意）噢，罗杰，亲爱的，我……（理查德上场，衣冠有些不整）

理查德　（出了口气，洋洋得意）我把他给揍了！

罗杰　（羞怯）嗨。爸爸。

理查德　（对詹妮，因为事情是因她而起）我把那孙子给揍了！

詹妮　（颇有指责的语气）你跟你儿子打过招呼了吗？

理查德　嗯？

罗杰　（羞怯又高兴）嗨。

理查德　（这才终于发现罗杰的存在，语气中流露出难过和自豪）嗨。（回过头对詹妮，语气中带着愠怒和幸灾乐祸）我把那孙子给揍了。

詹妮　（内心感到绝望）为什么！

理查德　为什么？！！他要九美元。那混蛋要在原有的车费上再加五美元，就因为……

詹妮　　那也不应该打人！

理查德　　那我应该打谁！（稍稍压低嗓门，但怒气丝毫未减）那我应该打谁！

罗杰　　（打破短暂的沉默）爸爸，网球打得怎么样?

理查德　　（对罗杰）什么?

罗杰　　（胆怯）网球。打得怎么样?

理查德　　（困惑）我，我没……我，我，我，没打过。

罗杰　　这样啊……

詹妮　　要知道，你会给我们惹上官司的。

理查德　　（感到泄气，更为尴尬）我就打了他的肩膀。我们……我们只是扭打了两下。

詹妮　　（停顿，感到既失望又庆幸）噢。

理查德　　（冷冷一笑）我本来可不是那么打算的。（罗杰又站在了椅子上）

罗杰　　哇哦！正中胯下！

理查德　　谁！怎么了！

詹妮　　罗杰，别用那种字眼。

理查德　　（嘲笑）噢，上帝啊！

罗杰　　瑟夫没接住反弹球，球正中他的……我应该用什么字眼?

理查德　　别问你妈妈，她太文雅了回答不了。（意识到罗杰正站在椅子上）给我从那件家具上滚下来。（罗杰照做）

罗杰　（闷闷不乐，低声道）对不起。

理查德　你觉得我们家是开银行的吗？

罗杰　（指着散落满地的钱，辩解道）看这样子是。（陷入难堪的沉默）

理查德　（转移话题）你这学期过得好吗？

罗杰　还行。

理查德　你平均成绩多少？期末得了什么成绩？

罗杰　C+。

理查德　学期刚开始的时候呢？

罗杰　C+。

理查德　（不悦）保持下去，等你到了十八岁连个农学院都进不去！

詹妮　别这么冲！（理查德张了张嘴，但什么也没说）把钟调准。

理查德　它是准的。

罗杰　它慢了二十分钟。

理查德　（怒不可遏）那你去把它调准！

詹妮　理查德！

理查德　闭嘴！（罗杰走过去把座钟从壁炉架上取下来）

罗杰　该怎么调？

理查德　拧那个旋钮，拧那个该死的旋钮！

詹妮　理查德，你要是没法儿……

理查德　（咬牙切齿）我叫你闭嘴！（对罗杰）不对！拧过了！太……别往回拧。（看不下去，一把从罗杰手中夺过钟）来，把那破钟给我。绝对不能往回拧！绝对不能把钟往回拧！

罗杰　（不知所措，满头雾水）对不起，我……

詹妮　罗杰，亲爱的，你还是先把行李拿上楼，然后……

理查德　（全部心思都专注在钟上，对自己也是对罗杰）绝对不能把钟往回拧，绝对不能。

詹妮　你还是去放行李吧。

罗杰　（面有愠色）好。你们有这么多钱，搞不懂你们为什么不去再买一个钟。

理查德　好了！

詹妮　去把行李放好然后下来给我们帮忙。

罗杰　你要我上楼，还是要我调头直接回学校？

理查德　给我滚上楼！！

罗杰　（小声）上帝啊！

理查德　不准说这种话！

罗杰　（顶撞他）为什么不能！你自己也说！（下场。短暂的沉默。理查德把钟摔在地上）

詹妮　（冷静，不快）摔东西真有用。

理查德　（用手捶着自己的胸口，语气激动）对我来说有用！对我！！

詹妮　（闭眼片刻，然后用一本正经的口吻）我希望你列张单子写清我们需要什么，要买什么烈酒。

理查德　（直勾勾地盯着她，低声道）婊子。

詹妮　（无视）香槟肯定要买，但总有一部分人不喜欢，所以……

理查德　（同前）婊子！

詹妮　……所以你最好确认一下。如果我们要准备新鲜鱼子酱，我觉得应该准备，那我就得去布劳斯坦店里买点回来……

理查德　（同前）肮脏下流、自甘堕落、无可救药的小婊子！

詹妮　（恶狠狠）安静点！家里有罗杰在！

理查德　（高喊）我家里有一个自甘堕落、肮脏下流的婊子！

詹妮　（稍作停顿，轻声继续道）列张单子。再过一个小时他们就该来了……

理查德　（不可置信地大笑）派对！我们还要开派对！

詹妮　（平静）对，没错。

理查德　（愤怒与绝望交织的泪水终于湿润了眼睛，接下来的话音中都带着颤抖）接下来，接下来是要怎样？发个公告？让整个街区的人都知道？叫他们告诉他们的朋友上哪儿可以得到这种服务？啊？

詹妮　列张单子。

理查德　啊？我们是要这么干吗？是吗？婊子？（眼中的泪更

多了）

詹妮　　你可以打电话订酒，但我们得知道需要买些什么。

理查德　（眼中的泪更多了）也可能，也可能他们早就知道了。也许……也许查克、佩里、吉尔……他们……他们早就知道了吗？

詹妮　　单子。

理查德　单，单，单子？我们……好，好吧，我们需要……（眼泪夺眶而出）伏，伏，伏，伏特加，和……

詹妮　　（轻声）要美国的还是俄罗斯的？

理查德　（抬眼，央求）都要？

詹妮　　那就都买。

理查德　……和……和……苏格兰，苏格兰，苏格兰，苏格兰威士忌，和……波本威士忌，和……（失声痛哭）……和杜松子酒，和……杜松子酒，和……杜松子酒，和……（将"杜松子酒"一词的话音拖得很长，断断续续，时而倒抽气时而尝试忍住泪水）……杜——松——子——酒，和……（最后一词，话音拖得相当长，泣不成声，一声长号）杜——松——子——酒。（大幕随着话音慢慢落下）

落幕

第二幕

同一场景，一小时后。舞台上只有理查德一人坐着，面朝观众。此处可以加一个有意思的设计，让他直视观众的眼睛，但心不在焉，眼睛看着观众，但脑子在想其他事情。并非是加诸一种新的表演风格（给理查德），而是希望借此带给观众一种有意思的感觉。詹妮上场，罗杰跟在后头，两人手上拿满了酒杯之类的东西。

詹妮　（语气和悦但满是怀疑）你在干什么？

理查德　嗯？

詹妮　你在干什么？罗杰，把东西放在那儿，小心别打碎了。

罗杰　（这样的提醒令他感到难堪）好。

詹妮　（放下东西）我问你，你这是想干什么？客人再过个十分钟就到了，而你……

理查德　（轻声但语气暴戾，怒火似是一触即发）我应该干什么？

罗杰　（打碎一只杯子）见鬼！

詹妮　噢，罗杰……

理查德　对！把这房子全砸了！

罗杰　看在上帝的分上，一个酒杯而已，这……

理查德　我们家不是开……你知道这些买来花了多少钱吗？

罗杰　（毫不退让）不知道。多少钱？

理查德　（对詹妮）花了多少钱？

詹妮　噢，是新买的，而且……

理查德　（怒火爆发的前兆）新买的？！

詹妮　（冷静）对，而且是水晶的，我觉得是……噢，我想大概是四十五一个……

理查德　（无比痛心地看了詹妮一眼，然后看向罗杰，摇头冷笑道）四十五一个。你打碎了一个该死的酒杯，这酒杯居然要四……

罗杰　（掏口袋）好了，给。从这钱里扣。

理查德　（幸灾乐祸）给你妈妈。

詹妮　（笑着搪塞）别傻了，亲爱的。没事，罗杰，不用。

罗杰　（手从口袋里掏出）只求家里能太平点。

理查德　别太放肆！

詹妮　（安抚罗杰）亲爱的，上楼去换衣服。大家马上就到了，我还需要你帮忙呢。

罗杰　一定要系领带吗？

理查德　（怒不可遏）要！

詹妮　（完全站在罗杰一边）恐怕是的，亲爱的。快上楼去吧。

罗杰　领带？

理查德　对；**还有**衬衫，**还有**裤子，**还有**袜子，**还有**鞋子……

罗杰　（边走边摇头）哇哦。

理查德　不许扒在窗子上看人打网球。换衣服。

罗杰　（草率地敬了个礼）遵命，长官！（下场）

理查德　不许敬礼！

詹妮　（稍作停顿，平静地讲道理）一个酒杯而已。

理查德　（背对她，压抑着怒火）你都干了什么？背着我乱买东西？水晶酒杯？黄金酒杯？新衣服？

詹妮　就买了一点儿。

理查德　买了一点儿什么！

詹妮　（叹气）几件衣服，那些酒杯，漂亮的床单。你没发觉？

理查德　（怒气不减）发觉什么！

詹妮　（窃喜）漂亮的床单。我还以为那会……

理查德　没有！我没发觉什么漂亮的床单，上帝做证，我也绝不会睡在那上面！我绝不会跟你睡在同一个房间里！

詹妮　（冷漠）那你打算睡哪儿？

理查德　什么？

詹妮　我说，你打算睡哪儿？罗杰回家了，客房没有床垫……

理查德　怎么会没有！哪儿去了！

詹妮　被你扔了。你得肝炎那会儿睡过客房，你嫌它太糟心——那床垫——所以我们就给扔了。

理查德　行，那后来为什么没买新的！

詹妮　（耸肩，着手布置房间）噢……因为没钱还是什么的。

理查德　噢，我们现在总该买得起了！

詹妮　（轻声正色道）我看没必要了。你已经叫我滚了。

理查德　（这回答令他怔住短短一瞬）好，你什么时候滚？！

詹妮　（停下手中的事）马上。现在就走。

理查德　你不开派对了！你把人都叫过来了！

詹妮　（假装身不由己）噢。对。那这样，等派对一结束，人都走光了我就走。

理查德　好。

詹妮　（轻轻地说道）还是要我留下来收拾完再说？

理查德　（一时无言以对，终于挤出一句话）荡妇。

詹妮　现在没必要说这些。

理查德　我在那些人面前抬不起头，我没有办法直视他们任何一个人的眼睛。我会尖叫、大哭什么的。

詹妮	你可以昂首挺胸。事实上，我觉得这可能是你第一次**能够**直视查克、佩里、吉尔的眼睛。
理查德	为什么！因为我妻子是个妓女？
詹妮	（哄骗似的）不……因为这回可以说你不再是他们的穷朋友了；你可以谈论你要买的新车，提议提高俱乐部的会费把下三烂拒之门外，说詹妮和我在考虑今年冬天去安提瓜度假——诸如此类。
理查德	（有些厌恶）你不知廉耻到无可救药。
詹妮	才没有！我在说钱——那个让我们成天争吵的东西，那个作为评判标准的东西，那个用来衡量男人价值的东西！
理查德	也有其他标准！
詹妮	对，但**我们**搬过来进入的圈子里没有！**我们**所处的环境里没有。
理查德	钱有**各种各样**的！
詹妮	对！有三种！太少，太多，刚刚好！
理查德	堕落！
詹妮	钱太多会让人堕落，太少也会堕落。刚刚好？绝对不会。
理查德	重点是来路！**来路**！
詹妮	噢，别跟我谈来路！佩里卖的那些地产？一万一英亩，紧挨着，呃，紧挨着铁路，他甚至瞒着那帮傻瓜

顾客那里连自来水都不通。吉尔伯特那家光鲜的出版社？他在一堆垃圾上面花了多少广告费？成千上万！在有模有样的书上又花多少？……一毛不拔！

理查德　行了，行了……

詹妮　还有你的那间研究所。那些个政府合同？是不是让你们研究细菌瓦斯？

理查德　我跟你说过……我告诉你的事一个字都不能提，我是……

詹妮　你是偷偷告诉我的？好，我现在也偷偷告诉你！你们全都心术不正，你们全都是凶手是妓女。

理查德　（频频点头）真精彩的表演。

詹妮　你说对了。

理查德　（极尽讽刺）演得好！

詹妮　还不够！来啊！继续！

理查德　按你那套金钱理论，你就应该嫁给杰克。

詹妮　（悲哀地自嘲）是啊，也许你是对的。

理查德　虽然我确信他肯定比我更受不了娶个妓女当老婆。

詹妮　（宽慰）噢，我要是嫁给杰克的话就根本不会发生这些事。

理查德　（在罗杰上场的同时，正要对她破口大骂）好啊，你……

罗杰　我穿好了。（两人都停住，因为罗杰的语气中带着一

种异样冷漠的抵触感）

詹妮　（恢复常态）动作真快。他们随时会到。天啊，你看起来真帅，像个大人了。

罗杰　你又不是没见过我打领带。（对理查德）你刚才是要打她吗？

理查德　不关你的事。

罗杰　（稍感不解）我以为是。

理查德　行了，不是。你没梳洗过吧。

罗杰　嗯，时间不够我坐下来洗个澡，如果你是指这个的话。为什么不关我的事？

理查德　因为就是不关你的事！你手指甲洗干净了吗？

罗杰　（对詹妮，还是那种略带抵触的语气）他刚才是要打你吗？（看看指甲）相对而言是的。

詹妮　别傻了，亲爱的；你爸爸不会打块头比他打的人。快来帮我布置东西。那些酒杯放在那儿……

罗杰　（像是发牢骚）人总是趁屋子里没别人的时候打人。

詹妮　（着实被触怒）罗杰！

理查德　（低吼）小畜生。

罗杰　我这不是抱怨，只是在陈述事实。

理查德　把你的事实给我憋在你自个儿心里。

詹妮　这儿没有人会打人。

理查德　至少不会脱了上衣打。

詹妮　（“别在罗杰面前说这种话”）理查德！

理查德　（平静下来）对不起！真对不起。全都是我不好。每一件事都怪我。

罗杰　（低声，对詹妮）爸爸怎么了？

詹妮　（当然理查德能听见他们说话。）噢，没事；你爸爸觉得派对太烦，就这事儿。

罗杰　（走向理查德，发自肺腑）**我会**帮忙的。

理查德　（看了他一会儿，然后摇头笑笑，看似嘲笑，但其实不是）噢，天啊！谢谢！

罗杰　（略微后退，被刺痛）对不起。

理查德　（盛怒）罗杰！我是说真的！谢谢你！

罗杰　（有些困惑）好的。（门铃响起）

詹妮　（叹气，做好准备）好了。开工了。

理查德　（小男孩似的）我肯定要饱受煎熬了。

罗杰　嘿，我可以喝什么？

理查德　姜汁汽水。

罗杰　噢……

詹妮　（往场下走）我去开。

理查德　罗杰，帮我个忙。

罗杰　好啊。干吗？

理查德　变成熟些。（从门厅传来寒暄声）

罗杰　（敷衍）好。有什么提议吗？

理查德	就……规矩一点。
罗杰	俗话说得好，歪苗长歪树。（詹妮和查克、贝罗尔上场）
贝罗尔	（一边上场一边对詹妮）不，一直都挺好的，不过我倒是希望下点儿雨。我们家草坪又黄又脏。
詹妮	哦？我们家养得挺好。
贝罗尔	你不愧是园艺高手，亲爱的。
查克	最近都不会下雨了，要等到我们出发去……你好，理查德！
理查德	（腼腆）嗨，查克；贝罗尔？
贝罗尔	我们是不是到太早了？我就跟查克说我们准是最早到的。
詹妮	说什么傻话。
查克	我也说了，那又怎样？到得最早，走得最晚；教养靠边站。罗杰！
罗杰	你们好。
贝罗尔	（对罗杰，有些惊讶）是不是我每回见你，你都会又长高一些？
罗杰	有可能，我们不太经常见面。
詹妮	你们见得多了就会发现他越来越放肆，这点是肯定的。
查克	（礼节性地）罗杰，学校怎么样？
罗杰	挺好。

查克　　放假回家？嗨，真是个愚蠢的问题。你能想到什么愚蠢的回答吗？

罗杰　　我都留着用在考试上。（众人笑笑）

理查德　　说得太对了。嘿！要不要喝一杯？香槟还是正经酒？

查克　　（情绪高涨）香槟！

贝罗尔　　（对查克）你知道会有什么后果。（对詹妮）他会一宿不安宁，难受得腰都直不起来。胀气？

查克　　（对理查德，沮丧地）我还是喝点苏格兰威士忌吧。

理查德　　好。贝罗尔呢？（走向她）

罗杰　　要我帮忙吗？

贝罗尔　　（细细查看鱼子酱，对詹妮）好新鲜，真不错。你去城里买的？

詹妮　　不是，布劳斯坦店里有卖新鲜的。

贝罗尔　　（对理查德）要杜松子酒，亲爱的，少冰。（回过头对詹妮）噢，新鲜鱼子酱可放不久，布劳斯坦的东西我也信不过。

詹妮　　（一丝恼怒）噢，这绝对新鲜。

贝罗尔　　（轻笑）我相信。我只是觉得布劳斯坦家会搞点小动作……在冰里多放上一天两天，其实已经超过了……

詹妮　　查克，你要来点鱼子酱吗？

查克　　当然要了。（走过去）吐司呢？吐司呢？

詹妮　　没有，有薄脆饼干。

贝罗尔　（从鱼子酱边上走开，眺望花园，豪爽地）你是怎么打理的？！怎么灭掉那些杂草啊树枝啊尘土啊……？

詹妮　（得意）谁叫我是园艺高手呢。

查克　干杯！

其他人　（几乎异口同声）干杯！

贝罗尔　赶早不如赶巧，你们来帮我登记一下血库。

詹妮　理查德不能献血。

贝罗尔　为什么？

詹妮　肝炎。罗杰也不行，他自己也在长身体的阶段。

罗杰　我不介意献点血。

詹妮　（语气轻柔但坚决）罗杰，我觉得你不能献血。

贝罗尔　噢，詹妮，那你就得代你们全家献血了。

理查德　我觉得她不能献血。

贝罗尔　为什么不能？

詹妮　是啊。为什么不能？

理查德　（武断地）我就是觉得她不能献血。

詹妮　（有些不悦）你能说个理由吗？还是说所有人的血都归你管？

理查德　（就玩笑而言开得有些过火，只有詹妮明白他的意思）那倒不是，你……你可能有什么不好的病也不一定。

贝罗尔　（在查克大笑的同时）噢，理查德！真是的！（门铃响起）

罗杰　要我去开吗？

詹妮　（往场下走，瞟了理查德一眼）我去开。你们随意用点……（不再说下去，下场）

理查德　（一丝难以察觉的讥讽）查克，高端金融行业怎么样？股市形势还好吗？

查克　噢，就跟婚姻一样……起起伏伏，起起伏伏。（贝罗尔和理查德敷衍地笑笑）

罗杰　这话是什么意思？

理查德　没什么意思。

罗杰　那他为什么这么说？

理查德　（恼怒）你很清楚是什么意思，那你还问什么？

罗杰　（耸肩）我以为这样比较礼貌。你叫我帮忙的。（詹妮和吉尔伯特、露易丝上场）

詹妮　理查德！吉尔伯特和露易丝来了！

理查德　噢！快进来！你们应该认识贝罗尔和查……

露易丝　对，我们应该在俱乐部见过。

吉尔伯特　对，当然了。

贝罗尔　很高兴又见到你们了。

查克　酒在那边。有香槟还有好酒。

露易丝　谢谢你们请我们来。噢，瞧瞧你们的花园！还有这草坪！你们是怎么打理的？

贝罗尔　我刚才也在说。真不知道他们是怎么打理的。

吉尔伯特　你们家园丁是谁？史洛皮？

理查德　谁？

吉尔伯特　史罗普谢尔；他有一整队人马，还有……

詹妮　不，我们一直都是自己打理。

露易丝　我们雇了史罗普谢尔，他们派来两个人，但我们家有六英亩地，所以稍微有点影响。

吉尔伯特　贵得要老命了。

贝罗尔　但他们活儿确实*好*。我和查克一直在考虑要不要请他们……

查克　那样我周末就不用割草了。

詹妮　把活儿交给别人做就失去了其中的乐趣——园艺……

理查德　（有些犹豫）我们，我们也可以请人来做。

詹妮　（诡秘地微笑）哦？是啊，干吗不呢？

理查德　（被捉住话柄而感到不快）因为会失去乐趣。

詹妮　（对其他人）我们之前在想要不要装个温室。

理查德　可不是！

露易丝　噢，一定要装。我们很庆幸*我们家*装了。

詹妮　我一直都想装一个。

查克　理查德老兄，你这是发财了呀：又是温室，又是香槟，又是鱼子酱……

理查德　（轻笑）没有，就是……（耸肩，不再说下去。）

詹妮　没有，就是不再抠着过日子了。

贝罗尔　（两眼微微眯起）噢，真替你们高兴。

罗杰　（不耐烦地问道）需要帮忙吗？

露易丝　罗杰，天啊！我都没跟你打招呼呢。吉尔伯特！罗杰在这儿。

吉尔伯特　罗杰，好小子。从学校回来了？

罗杰　（假装热情）是的，先生！

吉尔伯特　干得怎么样？

罗杰　就像人们常说的，坚持到底决不放弃。

吉尔伯特　好样的，好样的。嘿，里奇；这鱼子酱质量不错。哪儿买的？

理查德　詹妮买的，她负责的。

詹妮　我在布劳斯坦的店里买的，新鲜程度不比你跑去城里……

吉尔伯特　布劳斯坦，那个精得不行的犹太佬，往鱼子酱里掺……

罗杰　我们这儿不说那种字眼。（所有人都看着他，不太确定他的意思）至少，我们家不说。（门铃又响起）

詹妮　（庆幸门铃响得正是时候）我去开门！（下场。贝罗尔和露易丝一道开口说话）

贝罗尔	我还是认为城里买回来的肯定更新鲜。	露易丝	我们装好温室以后的头一年，真叫我喜出望外。

理查德　喝酒吧！来啊，各位；吧台在恭候大驾呢。

吉尔伯特　（在众人走向吧台的同时对理查德）我说错什么了吗？

理查德	没有，没有。	查克	你家小子有点自以为是啊？

吉尔伯特　（受伤地）我说错什么了吗？

（对话同时进行）

理查德	没有，别想了。	贝罗尔	但打理起来是不是特别繁琐？
查克	我没懂为什么要喝香槟。是为了什么？是有什么事吗？	露易丝	倒也没有；只要你记在脑子里就行，像是浇水啊换气啊控温啊……

（对话同时进行）

理查德	能有什么事？没有。	贝罗尔	（大笑）啊，就那么几件事！
查克	我倒觉得跟过节似的。	露易丝	慢慢习惯就好，没别的。

罗杰　（无人关注）我道歉。（詹妮和辛西娅、佩里上场）

詹妮　斯拽格勒快成吊车尾的代名词了。斯拽格勒夫妇辛西娅和佩里。

佩里　嗨，伙计们。

罗杰　（自言自语）伙计。

吉尔伯特　噢，这不是佩里老兄吗！嗨，辛！

辛西娅　（笼统地）大家好！

理查德　朋友们，吧台在这边。

辛西娅　噢，瞧瞧这排场！

查克　佩里，我听说的事是真的吗？

佩里　有可能。什么事？

查克　你卖给黑人的地价钱是市场价的两倍？（众人笑笑，这是玩笑话）

佩里　胡说八道！明明是市场价的三倍，哪怕这样我也不让他们得到完全所有权。（众人笑得更欢）

罗杰　学校里有两个黑人男孩儿，是奖学金生。

吉尔伯特　（不太高兴）哦，是吗？（对理查德）迪克，你应该送你儿子去乔特。那真是所好学校。

罗杰　那里也有黑人男孩儿。

吉尔伯特　开玩笑吧。

罗杰　为什么没有？我是说，我为什么要开玩笑？

贝罗尔　（并非出于势利角度）这就快变成一个问题了。

辛西娅　是啊。

露易丝　（十分严肃）噢……现在是应该做点改变了。

詹妮　现在应该喝酒，这才是现在该干的正经事！辛西娅？露易丝？

罗杰　事实上，肤色问题永远无解——不管究竟是指什么——除非所有人的肤色都变成咖啡色。

贝罗尔　　罗杰！

詹妮　　亲爱的！

吉尔伯特　　你是从哪儿学来这种观点的？

罗杰　　书上。

佩里　　罗杰，一知半解最危险。

查克　　书本里的论调就该留在书本里。

理查德　　（对罗杰）你不给大家分一下鱼子酱吗？我还以你是来帮忙的。

罗杰　　我一直在问！我一直直挺挺地站在这儿问你们要不要我帮忙，你们一个个都把我当空气！

理查德　　（恼火）你一直直挺挺地站在这儿给别人难堪，这才是你站在这儿一直干的事儿。

罗杰　　（不满地噘嘴）那是后来。

辛西娅　　噢，看在老天爷的分上，别去说他了！他是个好孩子。罗杰，亲爱的，你几岁了？

罗杰　　我十二岁。

詹妮　　你十四岁了！

理查德　　不对，他十五岁了。

詹妮　　我自己儿子几岁我应该还是知道的。

理查德　　你是应该知道，没错。

查克　　迪克，你打算把温室搭在哪儿？

理查德　嗯？噢……那边。（随意一指）

詹妮　（意图明确）亲爱的，带他们过去看看。

理查德　（为难地）嗯？

露易丝　噢，我很想看看！快带我们去！

辛西娅　对！我还想看看詹妮种的玫瑰。（辛西娅和露易丝抬脚往玻璃门外走，佩里自觉地跟上）

查克　噢，我们上花园去。谁顺便带一瓶香槟。

吉尔伯特　（跟在查克后头）没人喝香槟。

查克　噢……那就带一瓶苏格兰威士忌。（两个男人哈哈一笑，跟着其他人走出去）

詹妮　（对理查德）那你……？

理查德　（明白过来）带他们去看我们要在哪里搭温室。

詹妮　（令人目眩的笑容中透着苦涩）没错。（门铃响起，詹妮往场下走）会是谁？我们没请别人了。

理查德　（往花园走）这是你的派对，你自己琢磨。

詹妮　（对贝罗尔）我想不出会是谁。罗杰，亲爱的……你去看看。（罗杰从拱门下场）除非是杰克·佛斯特。他经常顺道过来，而且……

贝罗尔　（往花园走）好吧，要是他的话，我就不打扰你们俩了。

詹妮　（难掩怒色）这话是什么意思！

贝罗尔　（嘎嘎笑着下场）没什么意思，亲爱的；什么意思也没有。（隐约可见花园里有一个或几个人影四处欣赏，理查德随手指了个准备搭温室的地儿，花园里的人都背对着观众，在回屋之前都不会往屋里看）

罗杰　（上场）是个女人说要见你。（图司太太上场，詹妮目瞪口呆地盯着她）

图司太太　晚上好，亲爱的。（詹妮死死地看着她）我说，晚上好，亲爱的。

詹妮　（目不转睛地盯着她）罗杰，到花园去。

罗杰　（无动于衷）为什么？

詹妮　（转过身，厉声道）我说了，到花园去！

罗杰　（有些愤慨，掉头就走）上帝啊！

詹妮　（一脸惊恐）你想干什么？

图司太太　我想跟你谈谈。（坐下）啊！真舒服。我实在是讨厌走路。

詹妮　你不能到这儿来，你不可以。

图司太太　我知道，亲爱的，这么做确实太过草率，但这事儿事关重大。

詹妮　（掩饰内心的愤怒与慌张）我在开派对！家里有客人！

图司太太　对，我看见了；行，那我也是其中之一。

詹妮　不行！对不起，不行！

图司太太　为什么不行？

詹妮　来的都是朋友；理查德以为你是医院委员会的，而且……

图司太太　行，那我就是医院委员会的。

詹妮　他们都住在这附近，贝罗尔就是医院委员会的，还有……

图司太太　贝罗尔？

詹妮　对，还有露易丝也是……还有，还有……

图司太太　没事，那你就随便编点儿什么，说我不是本地人，我是从……

詹妮　求你了！走吧！

图司太太　（态度坚决，礼貌但冷漠）亲爱的，我跟你说了，这事儿非同小可。你丈夫知道了？

詹妮　对，我今天告诉他了。噢，我的上帝啊，要是被他看见，知道你是谁，天知道他会……

图司太太　噢，他也只能选择随遇而安。（停顿，微笑）不是吗？

詹妮　（似是她一生最后的祈求）求你了！求你走吧！（贝罗尔和查克往屋里走）

图司太太　你的客人们回来了。（詹妮猛地转身）

贝罗尔　（尚未注意到图司太太）詹妮，亲爱的，我和查克一致认为，你老公就是个天使，你们家的温室肯定会无可挑剔，你们……

詹妮　（打断）贝罗尔，查克，这位是图司太太；我和理查德去年在圣托马斯认识的，她来跟我们打个……

图司太太　（淡然微笑）你好，贝罗尔，亲爱的；我这儿有笔账要跟你算算。

查克　（目瞪口呆，詹妮看在眼里）我的上帝啊，她怎么在这儿?

贝罗尔　（冷漠镇定）哦?是吗?

图司太太　是的，非算不可。

詹妮　（终于开口，对贝罗尔，大吃一惊）你?！

贝罗尔　（语气颇为镇定，嘴角微微上翘，与此同时图司太太在一旁轻笑）对；而且看样子，你也是。

詹妮　（惊叹）我的上帝啊。（此时露易丝、辛西娅、佩里、吉尔伯特和理查德也回到屋里，只有罗杰还在外面）

露易丝　……依我看，假如你们想下午照得到太阳，那就得提前盘算好，然后……（看见图司太太）

理查德　（除了理查德以外的所有人都看见了图司太太，目不转睛地盯着她）我觉得可以做成能够调节朝向的，不过那样我们就得挖得——（他看见她，发现所有人都沉默不语，对图司太太）你好；我们以前见过，对吗?

图司太太　（甚是亲切）对，但我们相互还不认识；我是图司太太。你好，辛西娅；露易丝，亲爱的。（她们点头）

理查德　（还没明白过来）噢，这么说，你们彼此都认识，那么……

图司太太　周四那天你在哪儿，贝罗尔宝贝？

贝罗尔　我，我头疼，所以……

图司太太　噢，那你口袋里的一百美元可就要飞走了。人家很失望。

理查德　（还未开窍）你们，你们彼此都认识？

图司太太　噢，是的，这几位女士我都认识，她们的丈夫我也见过，但要说跟他们认识，唔，我该怎么说……我觉得在此之前大家并不知道彼此互相都认识。

詹妮　（又心虚又郁闷）亲爱的，这位是……图司太太。

吉尔伯特　（相当愉悦）佩里，你怎么没告诉过我。

露易丝　辛西娅，亲爱的，我们在城里竟然从没打过照面真叫我惊讶。

理查德　（理清头绪）喂，这就是说……

佩里　（他也相当愉悦）噢，我的上帝啊。

图司太太　（对理查德）我手下的几位郊区佳丽居然都聚在了同一屋檐下，真是妙不可言。

理查德　你手下的几位佳丽，这么说……（对四个女人）你们全都是？（对另三个男人）你们早就知道？

吉尔伯特　（不太客气）噢，当然知道。

佩里　（稍稍有些居高临下）对，那是自然。

贝罗尔　但我们彼此却完全不知道，太不可思议了。

辛西娅　（对露易丝，奚落道）这就是你说的“去城里买东西”。

露易丝　（咯咯笑，对贝罗尔）你还说“去参观博物馆”呢。

图司太太　（正色）好了。现在大家都在这儿了。

理查德　（稍稍后退，仿佛眼前是一群陌生人，轻声道）我不相信，我……我不相信，我……

詹妮　（轻声恳求）……理查德……

查克　（摇了摇头，轻笑道）噢，天啊！噢，上帝啊！（纵声大笑）

理查德　（对佩里）你……你早就知道？一直都知道？

吉尔伯特　（稍稍有些居高临下）怎么回事，你才知道？

理查德　（稍作停顿，一声呐喊）对！！！！（停顿）

查克　（镇定，相当严厉）伙计，去倒杯酒喝。冷静一下。（查克拍拍理查德的肩，往吧台走去）

理查德　（语气缓和，显得无比失落）对！

吉尔伯特　（客观平淡）好了，现在你知道了；现在大家都知道了。（罗杰上场）

罗杰　嗨！你们知道吗？已经能看见金星了。太阳都还没下山呢，而且……

詹妮　罗杰，去买点东西。

罗杰　妈妈？

詹妮　理查德？做点什么。

佩里　（掏口袋）罗杰，帮个忙，去俱乐部帮我买点烟丝好吗？

罗杰　　（察觉到沉默的气氛）噢……好。

佩里　　给自己再买瓶可乐什么的。

詹妮　　真是好孩子。

罗杰　　（不解，稍稍有些不情愿）好吧……哪，哪种？

佩里　　什么？

罗杰　　哪种烟丝？

佩里　　问服务台的本，他知道，告诉他是我要的。

罗杰　　（满心狐疑，迟疑片刻，跑出去）好的。马上回来！

理查德　　请你们所有人都出去。

图司太太　　就像我刚才说的，很抱歉我不请自来了，但事情出了岔子。

贝罗尔　　什么岔子？

图司太太　　所以我不敢用电话，不敢打给你们。

佩里　　是警察吗？

图司太太　　是的。

詹妮　　（内心惶惶）噢，我的上帝啊。

图司太太　　有个叫卢里的男人，应该是个警探。

查克　　你不能收买他吗？

图司太太　　行不通。

吉尔伯特　　真够少见的。

图司太太　　是的，总之，我给了，但他不吃这套。（理查德远远地看着他们，可以是坐着）

佩里　问起什么了吗？

图司太太　没有……就叫我搬走。

露易丝　他没问你要人员信息？

图司太太　不是突击搜查。再说了，不会让他查到个人信息的。

贝罗尔　（松了一口气）还好。

吉尔伯特　对，幸好。

图司太太　（爽朗地）好像到现在还没有人问过我想喝什么。（停顿）是不是？

詹妮　（满脑子都在想理查德在想什么）噢，对；好像是没有。

图司太太　（对理查德）除非你不想看到我……在你家里润润嗓子。

理查德　（语调几乎没有起伏，一时惊愕）怎么会，你请随意；想喝什么都行；这儿有香槟还有……

图司太太　（轻笑）噢，老天爷，不，我不喝那个。（对离吧台较近的查克）有威士忌吗？

查克　当然。纯的？

图司太太　对，加一块冰。

查克　这就做。（又一想，对理查德）那好，介意……由我代劳吗？

理查德　（同前）怎么会，你请随意。

辛西娅　我也想喝一杯。佩里？

佩里　好。（一系列倒酒、递酒之类的动作）

吉尔伯特　（对图司太太，问出了众人的心声）我……我想那你只能……搬走了。

图司太太　我走了！我已经搬走了。有个精神病医生要搬进去。

贝罗尔　（咯咯笑）老主顾们肯定要吓一跳了。

辛西娅　（也大笑起来）噢，贝罗尔！可不是！

佩里　（舒展身子，长舒一口气）好吧，我看你搭温室的计划还是缓缓吧，迪克。

辛西娅　对，把鱼子酱也收起来。

露易丝　真是遗憾。（又一想）对我们所有人来说都是一桩憾事！

理查德　（几乎没听进去）嗯？

吉尔伯特　（颇具说教性质）是啊……对我们所有人来说日子都没那么好过了。

图司太太　（抿酒）为什么？（兴致甚好）这种事常有。没什么大不了的。

贝罗尔　你不一样，你已经习惯了。

图司太太　（试探）噢，没什么是人习惯不了的……我是这么觉得的。（对理查德）你不觉得吗？

理查德　噢，上帝啊。

露易丝　对，但人对牢狱之灾总是唯恐避之不及，更不用说报纸呀……

查克　　警察盯上你了。

佩里　　你接下来打算去哪儿？

图司太太　（极短的停顿）不如……在这儿？

众人　　（话音中满是惊愕与难以置信）在这儿！

图司太太　有何不可？

露易丝　（颇为傲慢）你肯定在开玩笑。

图司太太　优质的铁路服务，体面的……乡村环境……

查克　　（没有把握）对，这儿的铁路服务确实优质，但是……

图司太太　只要能找到一处适合的房子。（看着佩里）你说呢？

佩里　　不，不行，这肯定不行……

吉尔伯特　绝对不行。

图司太太　（作势起身要走，语气相当公事公办）那好吧，我只能找一个更合适的城市了；一个警察疏忽懒散或者……好说话的地方。不过我会想念你们几位女士的。

贝罗尔　（踌躇）当然……（打住）

佩里、辛西娅、吉尔伯特（几乎异口同声）什么？

贝罗尔　（有些尴尬却又欣喜受到关注）噢，我是想说……在……在这儿肯定不行，我是说不能就在这儿，但可以……在这儿附近。

詹妮　　（一直没吭声）噢，对啊，那样就……（不再说下去）

理查德　（仿佛听不清）你刚说什么，詹妮？

贝罗尔　（暴露无遗，难堪不已，但仿佛置身于裸露主义的国度……）我是想说……

理查德　对。说呀。

詹妮　（涨红了脸，但语气坚决）我是想说假如可以搬到这儿，那……那就方便了。

理查德　那就什么了？

詹妮　（极短的停顿）方便……那就方便了。

理查德　（点头，轻笑道）是啊。噢，太对了。（又笑了几声）噢，上帝啊，太对了。（话语间流下挫败的泪水）尤其是现在罗杰在家，你还可以赶回来做果酱三明治——现如今他不去夏令营了，因为我们希望他待在家里，而不是因为我们负担不起。

图司太太　咱们还是不要跑题，只谈公事。你们说呢？

佩里　对，我同意。

查克　好主意。

图司太太　我跟几位男士有事要谈。詹妮，你带姑娘们去外面看看你种的玫瑰吧？

詹妮　（专注于观察理查德的反应）嗯？

图司太太　带姑娘们去看玫瑰。

贝罗尔　（带头往外走）对，我们再去看看花园吧？那么多花花草草，可看的景致太多了。

辛西娅　对。走吗，露易丝？

露易丝　（深表同意）当然。

图司太太　詹妮？

詹妮　（虽不愿离开理查德，还是往外走去）那，好吧……我……好吧。（下场。屋里只剩下几个男人和图司太太）

理查德　（坐在原位，不带感情）你这人挺专横的，不是吗？

图司太太　（爽朗地劝慰道）没她们掺和谈起事来要容易得多。

理查德　这儿是我家。

吉尔伯特　噢，别扯了，理查德。

查克　咱们几个没进监狱已经算走运了。

图司太太　放心，不会走到那步的。谁再给我倒杯酒？

佩里　（拿过她的杯子）威士忌加冰？

图司太太　对。谢谢。加一块冰。

吉尔伯特　（对查克）这下你要亏多少钱？

查克　（惨然大笑）太亏了，亏大发了。

吉尔伯特　（盘算）是——啊。又不用交税？又能有底气提早退休？只要愿意继续干下去。我和露易丝都谈好了。

理查德　（参与到谈话中，好似一个新手）真的？你们谈好了？就这么……谈好了？

吉尔伯特　当然了。噢，我懂你的心情，我也纠结过……一小会儿。

查克　恨不得把房子砸了。

佩里　（拿着图司太太的酒回来）我真就砸了。正好有理由重新装修了。

查克　（心绪平静）真是不可思议，居然这么快就接受了这个想法。

佩里　是啊。

查克　而且，毕竟不是小钱。

吉尔伯特　现在……没了这笔收入，日子就要过得有点紧巴巴了。

佩里　我不能在这个时候让马丁转学……

吉尔伯特　杰里米也是一样，还有詹妮弗的小马。我砸了重金把它寄养在那间该死的养马场里，又不能把它卖了……小丫头会杀了我的。

查克　（恶狠狠）有谁想买一辆就快付清全款的阿斯顿·马丁吗？

佩里　麻烦就麻烦在这儿，我们全都身不由己。我们没办法……就此收手。

吉尔伯特　这话我只跟你们说，我不介意承认这些日子我跟露易丝的感情要比过去好得多。

佩里　我和辛也是一样。过去我们吵架多半是为了钱。

查克　没错。

图司太太　（对理查德）你现在慢慢明白了吗？

理查德　（依旧一脸木讷）噢，是的；我明白了。

图司太太　（听见几个女人在花园里交谈）你们听听。姑娘们都已经聊开花了。

佩里　（微笑）是啊。

图司太太　我们来谈正事儿吧？

吉尔伯特　好！理查德？你来主持好吗？

理查德　（云里雾里）我干什么？

吉尔伯特　主持会议。我们要开就开个像样的商务会议。

查克　（搬椅子过来）来。再说了，这是你家的椅子。

吉尔伯特　谁提名他？

查克　我。

佩里　附议。

吉尔伯特　表决通过。

查克　理查德，宣布会议开始吧。

理查德　（稍作犹豫后）会议开始。（停顿）这样？

佩里　主席先生，我们公司手里有一处房产可能符合图司太太还有我们大家的要求，堪称完美。

吉尔伯特　不在这儿。

佩里　不在，离这儿两站路。房子又大，价钱又便宜，步行到车站只要几分钟。

图司太太　听起来很不错。有几个房间？

理查德　你想问的是有几个卧室吧？

图司太太　你给我安静点！（恢复正常语气）要是价钱合理……

佩里　三十六。

图司太太　二十八。好，那就没问题了。我明天去看房子。我不想中间空得太久……（微笑）影响我们的业务。（理查德哼了一声）听好：我花了大把的时间、财力和精力建起了这项事业，拥有一流的客户来源和……

理查德　（嘟囔）知道了，知道了，知道了……

图司太太　好了，还有什么问题吗？

查克　（甚为满意）没问题。

吉尔伯特　我看挺好。

图司太太　（对理查德，语气甚是不客气）你呢？

理查德　（再次试图讽刺）噢，有那么几个。

图司太太　（不耐烦然而不慌不忙）好啊，说来听听。

查克　（责怪）噢，迪克……

理查德　你们怎么就一点儿都不怕……上帝啊，不怕这事儿被大家知道！不出两个星期消息就会传遍……你们就一点儿都不**担心**吗？

图司太太　我们从不在地方报纸上打广告。

理查德　有一种消息来源叫口耳相传。

图司太太　有危险的话会让你们的妻子知道的。相信我……我心里都有数。

理查德　有句话叫别在自家后院玩火，不是吗？

吉尔伯特　这话说得太难听了。

理查德　是事实。

吉尔伯特　还有其他要说的吗?

查克　（猜测）没有……

佩里　没有……

理查德　（满是讽刺意味）好，既然这样，那我宣布会议结束。

图司太太　还有一件事……

吉尔伯特　嗯?

佩里　什么事?

图司太太　你们切记务必要照常生活。这件事就此不要再提。我的意思是，哪怕是你们彼此之间也不要提。

吉尔伯特　你是说，我们要把这事儿忘掉。

佩里　对。我们要把这事儿忘掉。

查克　说得很对。

理查德　（笑声颤抖——饱含愤怒）我不明白我们要怎么……才能把这事儿忘掉。

图司太太　（忠告）噢，你能忘掉。人是有忘性的。但凡是有什么忍受不了的或是带来不便的事，人就会忘掉。说到底，要想把日子过下去，有些事就得忘掉。

理查德　对，可是……

图司太太　不过这些你们都明白。你们都是有文化有家室的人。你们不是傻子。

查克　对，我们当然不是。

佩里　说得很对。

图司太太　（起身，走向花园。）我要去找我的姑娘们了。（停住，对理查德）还有一件事你给我记住——对你学会忘记可能有帮助，有两点：我们没有损害任何人的利益……

理查德　还有一点呢？

图司太太　今后你妻子背着你偷情的可能性微乎其微。（下场）

吉尔伯特　（稍作停顿后）好了，全搞定了。

查克　（往吧台走）要为此干一杯吗？

佩里　（举杯）好，敬我们自己。

吉尔伯特　敬我们自己。（注意到理查德徒然望着杯子）理查德？敬我们自己？敬我们所有人？

理查德　（停顿，自嫌地笑笑，举杯）好，敬我们自己。

吉尔伯特　（兄长似的）你会习惯的，老弟；一定会的。

查克、佩里　（轻声）干杯。

理查德　（小男孩似的，怅然若失）干杯。（女人们陆续回到屋里）

贝罗尔　我发觉想在这儿种杜鹃简直是徒劳，也不知道是什么原因。

詹妮　好像是因为这儿的土壤里有石灰，不过这有办法解决。

贝罗尔　啊，好；这你最在行了。

图司太太　我的花园由谁照料？当地有干这个的吗？

查克　有，活儿相当好……就是贵。

图司太太　啊，没事，这到时候不用愁……只要一切进行得顺利。

詹妮，亲爱的，我能用下你的电话吗？

詹妮　当然，我带你过去。（詹妮和图司太太下场）

贝罗尔　好啦，让我们几位女士都再喝一杯，然后我们就得走了。事情应该都安排好了吧。

查克　（走向吧台）我来为各位倒酒。是的，都安排好了。

佩里　面面俱到。

露易丝　那就好。

辛西娅　再好不过了。

贝罗尔　理查德，都没人喝你的香槟，真是遗憾；不过我要尝尝你的鱼子酱和薄脆饼干什么的。

理查德　（意在讽刺）香槟可以留着，也许可以用来给图司太太的新房子开光。（众人哈哈一笑，未察觉讽刺之意）

辛西娅　（咯咯笑）噢，理查德；真是！（詹妮上场）

詹妮　我错过什么了？

露易丝　（收起笑声）噢，没什么；理查德说的话特逗。

詹妮　（感到宽慰）噢。真好。（罗杰和杰克出现在通向花园的门口；杰克喝高了，但尽管如此，他还是有故意夸大醉意的成分）

杰克　你们好！你们好！不速之客来了，跟不速之客打个招呼。跟不速之客打个招呼。打个招呼！（所有人转过来，看着杰克，一言不发）

罗杰　（把烟丝给佩里）你要的烟丝，但愿没买错。

杰克　小罗杰在俱乐部那儿碰见我；噢，确切地说是在俱乐部里；在俱乐部里的酒吧里。

贝罗尔　（冷漠地）明眼人都看得出。

杰克　噢——太对了，贝罗尔！（继续絮叨）然后呢，我就问老罗杰，派对怎么样，他就告诉我了，但是我想我还是应该过来。所以我就来了，我的老朋友们全都在这儿，真是太棒了。

詹妮　（不自在）我……我以为你去赴棋局还是什么的了。

杰克　和老笛格比下十五子棋……噢，老笛格比死了；真死了。法纳姆本来在那张按摩台上给他做按摩，做完之后，轻轻拍了拍他的屁股说："完事儿了，笛格比先生。"结果发现他躺着一动不动。平躺在一块金属板上死了，没有比这更精彩的死法了。理查德，把高级伏特加拿出来了没？把它藏起来了？

佩里　（在杰克走向吧台的同时）杰克，少喝点伏特加。

杰克　（挑衅）这儿是你家？伏特加是你的？

佩里　不是，但你还是……

杰克　佩里老哥，我告诉你我会怎么做：下次你开花园派对的时候，我会不请自来——我一向都是不请自来，所以辛西娅老姐你别见怪，啊？——然后……我会少喝点伏特加的。好吗？

露易丝　你，呃……你在俱乐部还听到其他什么趣闻轶事了

	吗，亲爱的杰克？
杰克	除了可怜的老笛格比以外？唔……噢！对了！他们把哈利·伯恩斯踢了。
吉尔伯特	把他踢了？为什么？
杰克	被人挖了老底——不知道是谁，查出来“伯恩斯”是“伯恩斯坦”的简称，就叫他走人了。
查克	（深表怀疑，但并不气愤）噢，不是吧。
杰克	千真万确。
露易丝	（对贝罗尔）那莫妮卡·伯恩斯是*犹太人*吗？
贝罗尔	*应该*是吧。
露易丝	（有些惊讶）真是没*想到*。
辛西娅	她一点儿口风没漏过。
露易丝	难以*想象*。
杰克	看在上帝的分上，不知道的还以为她之前干过妓女什么的呢。（短暂的沉默）
贝罗尔	（冷漠地）干过什么？
杰克	（摇头晃脑）妓女。（又是一阵短暂的沉默）
辛西娅	我觉得哈利和莫妮卡看起来不像……
露易丝	对，他们不像……
贝罗尔	有意思的是你还是能隐约察觉到……
杰克	你指的是，事后察觉吧。
佩里	（眉头稍皱）他被踢出俱乐部了？

罗杰　　有些人说我们都是犹太人。

詹妮　　（并不气愤，只是吃惊）什么？

罗杰　　属于以色列消失的十支派。

吉尔伯特　　有些人什么话都说得出。

理查德　　（简短，冷漠）回房间去。

罗杰　　什么？

理查德　　回房间去！

罗杰　　为什么？！

詹妮　　他不是有意说那些的。

罗杰　　我说什么了？

理查德　　我叫你回房间去！

罗杰　　（不肯退让）我要知道我到底说错了什么！

理查德　　（虽然感觉这样做很蠢，却仅仅将他逼得更紧）不许站在那儿跟我顶嘴！

罗杰　　这不公平！更难听的话你都说过！

理查德　　我是你爸爸，现在我叫你回房间去。你不配跟言行得体的人相处。

杰克　　（笑道，但口气认真）噢，得了吧，理查德！

理查德　　（对杰克）闭上你的嘴！我在我自己家里管教我自己的儿子！他做什么我说了算！（对罗杰）上楼！

罗杰　　（向其他人哀求）可这在《圣经》里经常提到。

理查德　　《十诫》也经常提到。你知道《十诫》吗？

罗杰　　知道。

理查德　　说出来。

罗杰　　现在?

詹妮　　亲爱的……

理查德　　（猛地转向她）你别插手!（对罗杰）就现在!

罗杰　　不可杀人。

理查德　　这是一条。说下去。

罗杰　　（看向詹妮寻求帮助，但是无果）不可……（言语支吾）

理查德　　（对所有人）瞧，还爱撒谎。上楼回房间去。（罗杰停顿，不再挣扎，转身，摇着头准备走）

杰克　　可怜的小鬼什么都没说。

理查德　　（跟着罗杰）你是要自己回房间，还是要我拎着你上去?

詹妮　　（对理查德）亲爱的，让他……让他去外面什么地方吧。让他到俱乐部去。只要……（咬牙切齿）……别让他待在这儿。

理查德　　（叹气）噢……好的。（一边跟在罗杰后头喊一边下场）罗杰? 罗杰?

贝罗尔　　确实需要好好管教一下了。

吉尔伯特　　当爸爸的拿皮带稍微抽两下对儿子没什么坏处。

佩里　　我爸用的是马鞭。

吉尔伯特　但你从来没有怀恨在心，对吗？

佩里　（想不起来）我……应该没有。

杰克　你们今天一个个都这么野蛮。野蛮……而且古怪。脸上写满了尴尬，火药味儿十足。你们在干什么坏事儿被我撞见了吗？

贝罗尔　你什么意思！

杰克　（对观众）这儿出什么事了吗？

查克　杰克，再喝一杯吧。

詹妮　对！大家都喝一杯！佩里？（众人响应进行一系列行动）

杰克　（在詹妮从他身边走过时一把抓住她的一条胳膊）詹妮，亲爱的！你们为什么都这么讨厌我？为什么都想把我灌醉？

詹妮　（挤出一丝笑容）杰克！

杰克　詹妮，出什么事了？

詹妮　（显而易见的谎言）没事，杰克。什么事都没有。

杰克　詹妮，你还爱我吗？

詹妮　（安抚小男孩似的）爱呀，杰克；当然爱。（理查德上场）

杰克　啊！谢天谢地！（起身）那就吻一个以示和好。（他吻她）

理查德　我让他去……你这是在干什么！

杰克　　我在吻你的娇妻。

理查德　　还不快停下！

杰克　　我已经停下了。

理查德　　我不太喜欢这种出格的行为。

杰克　　噢，得了吧，理查德。不是我也可能是其他人。詹妮就从来没有被别人吻过吗？

理查德　　你不准吻她！

杰克　　你们今晚都是怎么了？

贝罗尔　　我们什么事儿都没有。

杰克　　有事儿……很不对劲。（图司太太上场）

图司太太　　好了，我亲爱的孩子们，各位，需要打的电话我都打好了，我觉得我们……（看见杰克）啊。（她的目光快速扫过众人）我，呃……我想我们以前见过。

詹妮　　（打断）杰克，你还记得图司太太吧；你见过的……噢，大概六七个月之前，当时……

杰克　　（盯着图司太太）对，你的仙女教母。

图司太太　　（对杰克，态度十分自然）真高兴又见面了。

杰克　　我也很高兴。（思考着，转身走开）

图司太太　　（对其他人）我现在真的该走了。今天能见到你们我真的很高兴……

杰克　　（突然想起）对了！（转过身来，魅惑地微笑）你是英国人，对吗？

图司太太　（假装镇定自若）对，我是英国人。

杰克　你在伦敦待过……大概一段时间以前。

图司太太　（拐弯抹角）对，我……我是在伦敦住过，但是……

杰克　（欣然地）我记得你，亲爱的女士。上帝做证，要是我没喝醉只怕还想不起来呢。（放声大笑）噢，没错！我记得你！

图司太太　（搪塞）你一定是搞错了。我看人过目不忘，再说……

杰克　噢，夫人，我记得清清楚楚，我记得你……（又是一阵大笑）……你的姑娘们，我……（环顾房间，看见一张张无处可逃、窘迫不已的脸，突然大笑起来）噢，不！不！告诉我这不是真的！真的！这是真的！（大笑）

贝罗尔　我不知道你想到了什么，杰克，但我觉得你可能有点喝多了，你……

杰克　老鸨又给自己找了一群姑娘？（边说边笑）咱们这是要在郊区营业了？（大笑，语气充满怜悯嘲弄）噢，我可怜的贝罗尔！亲爱的露易丝！骄傲的露易丝！（看见詹妮，语气中交织着失望和对未来可能性的诧异）噢，还有我亲爱的詹妮！

理查德　离她远点儿。

杰克　所以那些……放在那儿的那么多钱……（突然大笑起来）……“是有人寄给我们的”？（大笑）先生们……

我不知道这一切都是谁安排的；如果是你们几个干的，那我以前真是远远低估了你们的商业头脑。（大笑，朝玻璃门走）

图司太太　（眯起眼睛）拦住他。

佩里　你这是想去哪儿？

杰克　（还在笑）嗯？

佩里　我说你这是想去哪儿？

杰克　怎么，我觉得我该回俱——（又突然大笑起来）

图司太太　他会说出去的。（似是一道命令）

詹妮　对。他会的。

图司太太　（意味更加明确）他会说出去的。（佩里抓住杰克的一条胳膊，查克上前一步挡住他的去路）

佩里　等一下，老朋友。

查克　悠着点儿。

杰克　（心生怒气，慌张起来）让……让我走。见鬼，让我……（他开始挣扎，理查德和吉尔伯特上前协助佩里和查克）

吉尔伯特　抓住他！（他们缠住他，起初只是压制，但随着杰克挣扎得越来越厉害，他们用力也越来越重）

杰克　让我……你们放开我……让！我！走！见鬼！让！我！走！（他们把他压倒在地）

佩里　按住他！按住他！

杰克　（拼命大喊）住手！住手！

图司太太　（站在一旁，不慌不忙，似是指挥官）他喝醉了，会说出去的。你们必须让他闭嘴。（杰克继续挣扎，咬了查克的手一口）

查克　（一怒之下本能地反手打了杰克一个耳光）你这该死的！

杰克　住！手！

图司太太　让他闭嘴！（理查德抓起沙发上的一个枕头，和另外一两个人一起将它按在杰克的脸上。他们手臂直直地将枕头压在他脸上直到他的叫声变得模糊。最后化为一片寂静。男人们松了口气，慢慢站起身，放松一些，看着一动不动的杰克，稍稍散开）

吉尔伯特　他晕过去了。

理查德　（冷笑）一时半会儿醒不了。

图司太太　（走过去，弯腰查看了杰克一会儿，直起身子）不。不止一时半会儿。（往她刚才坐的椅子走）

詹妮　（走向杰克，可怜兮兮地）杰克？

图司太太　（极其漫不经心，但又十分严肃）不用看了。他死了。

吉尔伯特　（气愤地）什么叫他死了！

图司太太　你自己看。他已经死了。

吉尔伯特　（亲自查看）对。真的。他死了。（詹妮和辛西娅轻轻地哭了起来；露易丝转身走开，男人们面面相觑）

贝罗尔　（终于开口，紧张地）噢。

查克　我，我觉得不是我们，他……不是我们造成的。

吉尔伯特　对，我们只是……

佩里　他一定是发心脏病了。

詹妮　（走向他）噢，可怜的、亲爱的杰克……

理查德　詹妮，别靠近他。

查克　我们……我们该怎么办？

露易丝　（整理思绪）他不可能死，这不可能。

辛西娅　不然他会说出去的！会传得满城风雨。

詹妮　（维护杰克）谁说的？！

贝罗尔　你自己就说过。

詹妮　（愤怒，几近泪崩）我没有！我是说……

图司太太　你说他会说出去。你也觉得他会。

吉尔伯特　没有人真的想杀他……

佩里　对，这只是……

理查德　（面色铁青）我觉得我应该打电话报警，对吗？

查克　（点头）对，对。

吉尔伯特　对，应该报警。

图司太太　（镇定而有说服力）你真这么觉得？

理查德　（有些反感）什么？

图司太太　你真觉得你应该打电话报警？

理查德　这儿有人死了！

图司太太　我知道，我长着眼睛。但是你要怎么跟警察说？

理查德　我就，我就跟他们说……我们在开派对，接着，杰克来了，他喝醉了，然后……

图司太太　然后你们就一起把他闷死了？

理查德　（愤怒）不！是他喝醉了！

贝罗尔　……他不断喝酒……

吉尔伯特　……然后他就发心脏病了。（停顿，他们看向图司太太）

查克　不行吗？

图司太太　你们想报警的话可以。不过我得先走一步。等他们做完尸检发现他身上有淤青、肺部有出血的时候，我可不想被列入现场嫌疑人名单。要知道，人被闷死的时候就会这样；肺部破裂。（沉默）

吉尔伯特　噢。（沉默）

佩里　明白了。（沉默）

贝罗尔　好吧。那我们可不能冒这个险。（沉默。詹妮轻轻哭泣）

露易丝　（缓缓开口）对。我们不能。

理查德　（厌恶地轻声道）那你说我们该怎么办？（所有人看向图司太太，除了詹妮）

图司太太　（对理查德）我知道你觉得我是个魔鬼，所以……就算我这么问你，也不会有什么影响。

理查德　（等待）什么？

图司太太　那个……那个你们在砖墙边上挖的深沟是干吗用的？

理查德　（表面上冷静作答，内心忐忑不已）我在找排污管道。

图司太太　你找到了吗？

理查德　（目不转睛地看着她）没有。

图司太太　（稍作停顿）那好。把他埋了。（沉默。宾客们安静地看着彼此，内心猜疑）

理查德　（缓缓开口）你不是认真的吧。

图司太太　（对所有男人）快去，把他埋了。

理查德　（扯了扯嘴角）不行。

图司太太　那好吧。报警吧。（沉默，男人们久久地凝视彼此。然后，像是安排好的一样，他们慢慢地开始动手干活儿。他们走向杰克，抬着他的四肢和脑袋，把他搬出房间，身影消失在花园里）

詹妮　（等他们走了之后，起身，准备去追他们）杰克！理查德！

图司太太　詹妮！过来！（贝罗尔和露易丝走向一脸无助、正在轻轻哭泣的詹妮，轻轻地把她带回来。她们都坐了下来）

詹妮　你……他们不能……那么做。

图司太太　别说了，亲爱的。都别说了。（似是守灵，她们全都一脸悲伤）

露易丝　　（发自内心，无可奈何）可怜的杰克。

贝罗尔　　是啊，可怜的杰克。

露易丝　　所幸不是……我们中的一个。我是说，不是……有家室的人，不是……普通人。（詹妮轻声痛哭）

图司太太　　你还不习惯人死的场面，是吗，詹妮？（詹妮摇头）我很遗憾地告诉你，你会习惯的！

詹妮　　永远不会！

图司太太　　你真该去战火中的伦敦体验一下。你会了解到什么叫死亡……什么叫残暴……在避难所里度过的无数个夜晚，死神接踵而至。在死和垂死之间，记住尽可能地选择前者。

露易丝　　（对于这悲哀的事实无奈点头）是啊。

图司太太　　你们一定要帮你们丈夫一把。这恐怕是必须的……在一段时间之内。他们夜里可能会惊醒，浑身冷汗，可能会……失去希望。你们一定要当坚强的支柱……一如既往。

贝罗尔　　好的。

图司太太　　我不会要他们假装什么事都没发生一样继续生活下去。事情已经发生了……而且非同小可。这是必然的结果……只能学着去适应。明白了吗，詹妮？

詹妮　　我不知道。

图司太太　　（又温柔又亲切）你没有退路。事已至此你只能接受现状。同时现状也影响着未来。竭尽全力走好每一步。就像我们衰老后的容颜，我们此刻就在衰老，也终将衰老。我们之中有的人做了拉皮手术，然后我们相信……有的人——并没有我们希望的那么多——但我们自己并不相信，对吗，詹妮？

詹妮　（似是听课的小女孩）我想是的。对。

图司太太　对。我们会尽力去改善，这是我们唯一能做的。

詹妮　（受教）是的。（男人们回到屋里，一个个神情黯然，衣服也弄乱了，手也弄脏了）

吉尔伯特　搞定了。

佩里　完事儿了。

查克　你永远不会想到。

理查德　……除非你心里有数。

查克　除非你早就知道。

理查德　对。（走向詹妮，所有男人都朝他们的妻子走去）

辛西娅　（关切地）你们有谁想喝一杯吗？亲爱的？

佩里　不；不用了，谢谢。

露易丝　亲爱的？

吉尔伯特　好。来杯简单的。

理查德　（对詹妮，安慰）你没事吧？

詹妮　（竭力露出微笑）没事。你呢？

理查德　（空洞地）算是吧。

图司太太　噢，你们都做得很好。我想我现在该走了。

贝罗尔　对，我们都该走了。

吉尔伯特　对。唐和贝蒂几点过来？

露易丝　噢，我的上帝啊！八点。你说得对，我们是得……

查克　你老公肚子饿了。

贝罗尔　噢，好吧，我给你弄饭吃。

图司太太　（对佩里）我明天给你打电话去看房子？

佩里　好，没问题。

理查德　你们就这么……都走了？

查克　（不然呢？）对，我想我们是该走了。

佩里　我们已经没什么可干的了，不是吗？

理查德　（激动地低声道）外头埋着一具尸体，杰克。

吉尔伯特　不要紧的，理查德。

佩里　真的，理查德，没事的。

贝罗尔　是的，没错。

图司太太　孩子们，回家吧，没事的。

查克　是啊，再说，我也想不出我们还能做什么。

露易丝　对，一会儿唐和贝蒂还要来我们家。

辛西娅　你是说唐·格兰杰和贝蒂·格兰杰？

露易丝　对。

佩里　我还是忘不掉哈利·伯恩斯。

吉尔伯特　你是指，哈利·伯恩斯坦。（客人们都走了）

图司太太　（对詹妮和理查德）草会长高，土会变肥，用不了多久——终有一天——花园里的一切……就会一如既往。你们看着吧。（图司太太下场，理查德和詹妮本能地跟在后头送她离开。舞台上空了一会儿。杰克从花园上场，他身上脏兮兮的，头发里夹着泥土和草）

杰克　（之后他只对观众讲话，理查德和詹妮回来以后也不会注意到他）噢，你们别乱猜。我已经死了，相信我。我死了。死亡附带的醒酒效果真是惊人。噢，我当然没想到过会是以**这种**方式——像这样；我想象过自己从俱乐部的酒吧凳上缓缓滑落，或是某天晚上撞上一辆拐弯的卡车，但从没想过会是这样。这剧情你怎么也想不到！上帝啊！你们能相信吗？图司太太，贝罗尔，辛西娅，露易丝？还有可怜的詹妮？**我**就无法相信；但话说回来，我这人很自私——只关心自己。**曾经**。我得学着改口了，都得用过去时。可怜的詹妮和理查德。我只为他们两个感到难过——这份罪孽，连同他们所要背负的一切。那个老鸨自己能解决，至于其他人……谁管他们？但詹妮和理查德……那就不一样了。我真替他们**担心**。（詹妮和理查德上场，步伐缓慢。杰克竖起一根手指放在嘴唇上，示意观众安静，虽然并非必要）

詹妮　（小心翼翼地）好了。

理查德　（空洞地）是啊。

詹妮　（试图对话）你让罗杰去哪儿了？

理查德　去俱乐部。游泳。

詹妮　（真心地）你想得很周到。

理查德　真不该拿他撒气。

詹妮　是啊。（停顿）我们最好把这儿收拾了——这些杯子，这一摊子。

理查德　好的。

杰克　（盯着他们看了一会儿，转过来对观众）真是天大的讽刺。

詹妮　（想起来）我们什么……都不能说。

理查德　以后会怎么样？他就这么……失踪了？

詹妮　对，我想是的。

理查德　罗杰带他过来的。

詹妮　对，但我们可以说杰克只待了一小会儿，然后就走了。

理查德　别人会问起吗？

詹妮　有人会的，肯定有人要问的——保险公司的人，别的什么人。

理查德　我们得编个故事。

詹妮　对。我会跟其他人商量的。

理查德　好的。

詹妮　（发自肺腑，仿佛这一句话解释了一切）亲爱的……

我真的很爱你。

理查德　（羞怯地）我知道，我也爱你。

杰克　讽刺，我刚跟你们说到这事儿很讽刺。还记得我说过我要重新立遗嘱，把财产都留给理查德和詹妮吗？噢，这是真的；我没开玩笑。三百五十万；每一分钱，包括我在这儿的房子，还有在拿骚的房子。都归他们了。

詹妮　把酒杯放在这个托盘上。

杰克　现在的问题是，他们只能等。如果我就这样……人间蒸发……从地球上消失了，那就得过七年才能正式宣布我死亡。到时候还会进行一番调查；这是肯定的。但愿能站得住脚——他们要编的那个故事。我想他们会的。

理查德　鱼子酱要怎么办？

詹妮　拿过来，我待会儿把它盖起来放冰箱里。

杰克　但是七年，那可是很长一段时间。这期间什么都有可能发生。就他们现在干的那些事儿，不出七年他们的人生很可能就毁了。他们有太多东西要背负了。（对理查德和詹妮）你们一定要坚强！你们一定要挺住！

詹妮　亲爱的？

理查德　嗯？

詹妮　我在想……图司太太要买的那栋房子。

理查德　房子怎么了？

詹妮　我觉得那儿应该要好好种一些植物，鲜花灌木等等。让那儿看起来像是真的有人居住的样子。不能看上去一副无人打理的样子。会引起别人怀疑的。这种细节人是会注意到的。

理查德　是的，没错。

詹妮　无人打理的花园。假如花园没有人打理，你就知道这户人家肯定有问题。

理查德　对。

詹妮　我觉得那儿的花园要有人精心栽种悉心照料，好好打理。要看起来跟别人家的花园一样。你觉得呢？

理查德　（直截了当）对，我觉得你说得对。

杰克　好吧……我觉得他们能挺过去。

落幕